무심천에서 꽃 핀 사랑

제7회 직지소설문학상 수상작

무심천에서 꽃 핀 사랑

변영희 장편소설

도화

무심천에서 꽃 핀 사랑

초판 1쇄인쇄 2020년 7월 14일
초판 1쇄발행 2020년 7월 17일

저 자 변영희
발행인 박지연
발행처 도서출판 도화
등 록 2013년 11월 19일 제2013 - 000124호
주 소 서울시 송파구 중대로34길 9-3
전 화 02) 3012 - 1030
팩 스 02) 3012 - 1031
전자우편 dohwa1030@daum.net
인 쇄 (주)현문

ISBN ∣ 979-11-90526-14-2 *03810
정가 13,000원

도화道化, fool는
고정적인 질서에 대한 익살맞은 비판자,
고정화된 사고의 틀을 해체한다는 뜻입니다.

차 례

작가의 말

자고새 우짖는 곳 ·11

자등명법등명 · 34

기연機緣 · 49

달그림자 · 72

아름다운 일탈 · 88

지원군 · 108

화탕지옥 · 122

아, 어머니! · 137

고향 가는 길 · 161

첫사랑 그대 · 179

직지의 향기 · 192

흰 구름 분홍 구름 · 214

에필로그

참고문헌

고향에 가면 오롯한 본래의 '나'가 있다. 그 본래의 '나'를 찾아서 경희 문희 자매는 고향으로 간다. 고향은 수많은 추억이 쌓인 곳이다. 성장하여 대개는 진학이나 직장을 따라, 또는 결혼으로 고향을 떠나게 된다. 떠나온 곳에 오래 살게 되어 그곳이 제2의 고향이 되었다 하더라도 처음 태어난 곳, 유년의 고향에 대한 상념은 나이가 들수록 더욱 간절해지는 것이 인지상정이 아닌가 싶다.

『무심천에서 꽃 핀 사랑』에 등장하는 경희 문희 자매의 고향은 이 소설에서는 이른바 그리운 곳, 추억의 장소라는 개념에서 더욱 진일보한, 한 마디로 살이 떨리고 뼈아픈 곳으로 각인되어 있다. 뼈아픈 곳의 이미지는 과거의 기억 속에 깊숙이 내장되어 있으면서 삶의 힘겨운 고비마다 역설적으로 경희와 문희 자매를 비롯한 등장인물 모두에게 긍정과 희망의 메시지를 전해준다.

1129일 동안의 6·25 한국전쟁은 한 국가를, 사회와 가정을 송두리째 쑥대밭으로 만들었다. 그것은 휴전 이후로까지 연장되면서 인성의 뿌리가 어떻게 소멸해 가는지, 이웃의 선한 인심이 하루아침에 어떻게 수심으로 돌변하는지, 직지 본문과 이 책의 주인공 경희의 신산辛酸스런 삶을 연계하여 스토리는 전개된다.

C도의 고정간첩단 대장 한춘경의 거짓 자백으로 수년간 영어의 고초를 겪고 출옥한 경희가 발병, 현대의술과 각종 민간치료가 효험이 없자 어머니는 큰딸 경희를 원혜암 해명 스님에게 맡긴다. 경희는 새로운 환경에서 자유방임 상태로 『직지』를 공부하는 가운데 세상에 의지할 것은 부모님도 아니고, 부처님도, 해명 스님도 아니고 오직 자신밖에 없다는 것을 깨닫게 되면서 점차 건강을 회복한다. 일약 전국미인선발대회 C도 대표 출전을 계기로 경희는 그 지역 유지 박용덕 사장의 며느리가 되고 비극적 상황은 반전한다.

문희의 첫사랑, 그리고 재선의 첫사랑은 무심천에서 발아하고 꽃이 피었다. 그들 청춘남녀의 사랑은 박용덕 사장의 사회복지사업이라는 더 위대한 사랑의 꽃, 인류의 꽃으로 피어난다.

박용덕 사장은 그의 두 아들 재선, 재형과 함께 C시 외각에 사재를 털어 청년시절부터 꿈꾸어 온 무심선원無心禪院을 건립하기에 이른다. 작게는 삶이 고독한, 무자녀 무연고의 외로운 이들에게 영혼의 쉼터를 제공해주고자 하는 데서 출발, 대승적 차원에서 보면 유치원부터 중·고등학교 과정까지 영재교육, 글로벌 인재를 양성하고자 하는 교육사업, 육영사업이라고 할 수 있다. 정기적으로 명상 음악 다도 미술 등 교양강좌를 베풀고, 직지의 본산지답게 '직지의 향기'방을 개설하여 C시의 시민들에게 직지를 강설하고자 하는 계획도 세웠다. 박용덕 사장은 진즉부터 마음공부 교재로 직지가 으뜸이라는 확고한 신념을 소유하고 있었다.

　다시 말하면 무심선원은 박용덕 사장의 재산을 사회에 환원하는 방편이었다. 지구상의 모든 생명의 가치는 평등하며 나와 남이 둘이 아니요, 천상과 지옥이 둘이 아니라는 불이 정신, 자리이타 철학을 바탕으로 하여 오랜 연단과 준비과정을 거쳐 무심선원이라는 화엄의 꽃, 무심의 꽃으로 승화되어 장엄하게 피어난 것이다.

　경희 문희 자매는 장차 그들의 제2 인생이 화려하게 펼쳐질 C시를 방문하게 된다. 경희는 무심선원의 관리자로, 문희는 무심선원의 차세대『직지』강사로, C시의 플라터너스 정글과 무심한 듯 흘러가는 무심천을 그리며 고속버스에 오른다.

무심천에서 꽃 핀 사랑

자고새 우짖는 곳

"악! 누구얏! 나 갓!"

잠결에 비명이 들렸다.

"저리 비키란 말이야!"

큰소리는 한 밤의 고요를 단번에 깨부쉈다. 잠자던 형제들이 우르르 대청마루로 뛰어나왔다. 어둠 속에서 어머니가 황급히 코빼기 검정고무신을 끌고 부엌을 지나 뒤꼍에 있는 경희 방으로 가고 있는 것이 포착되었다.

"너희들은 더 자거라! 얼른 방문 닫고 들어가!"

어머니가 아이들에게 더 자라고 호령했다.

"으흐흐흑~ 난 몰라! 모른단 말이야! 으으흑!"

잠시 잠깐 들려오다가 이내 그치거나 자취를 감추는 그런 성질의 고성은 결코 아니었다.

"왜 때려! 아야야, 으으윽."

발길에 차이고, 매 맞는 모습이 보이는 것 같다. 등줄기에 몽둥이가 날아오는 착각이 들기도 한다. 대청마루에 엉거주춤 서 있던 동생들이 방으로 들어가고 나서도 울음소리는 계속되었다. 울다가 방바닥에 엎으러지고, 다시 고개를 쳐들어 어딘가를 향해 악을 쓰곤 하였다.

"경희야. 왜 그래? 엄마다!"

어머니가 경희를 달래는 음성도 자근자근 들려왔다. 으으~ 으으 흐윽~ 연속적이고 구슬픈 울음소리를 듣게 되면 달려가서 함께 울어주고 싶은 심정이 되곤 한다.

경희의 첫 재판이 열리던 날, 문희는 학교를 쉬고 어머니를 따라 탑동 형무소에 갔다. 붉은 벽돌집의 육중한 쇠문이 열리자 머리에 요상하게 생긴 모자를 쓰고, 시퍼런 작업복을 입은 죄수들이 모습을 드러냈다. 남자 죄수 뒤를 이어 여자 죄수들이 나왔다. 그 속에 경희가 보였다. 재판을 받기 위해 문화동 재판소로 끌려가는 것이다. 수십 명의 남녀 죄수 중에서 경희 그녀가 제일 어렸다. 대체 붉은 벽돌집 저 안에서 무슨 일이 벌어진 것일까. 초등생 문희는 어머니가 말해주지 않아도 언니가 붉은 벽돌집에서 몹쓸 병을 얻은 것으로 어렴풋하게 짐작하고 있었다.

울다가 악을 쓰다가 경희는 제풀에 지쳐서 먼동이 터올 무렵 되는대로 방바닥에 쓰러져 잠이 들기도 한다. 어머니는 잠든 경희에게 이불을 덮어주고 그 자리에 앉아 기도를 드렸다. 문희는 어머니가 늘 그렇게 밤을 지새우는 것을 알고 있었다.

어머니는 밤잠을 못 자는 것뿐 아니라 잠시도 언니 곁을 떠나지 못한다. 밤에는 방에서 소리만 질렀지 다른 행동은 없다. 날이 밝으면 부지깽이를 손에 쥐고 닥치는 대로 무엇이곤 치고 다녔다. 문 창호지를 쳐서 창살을 부러뜨리기 일쑤였다.

가끔은 대문 밖으로 뛰쳐나가기도 한다. 지나가는 행인을 보고 고래고래 소리를 지른다. 유 모 정 모 사찰계 형사가 나타나면 더 길길이 뛴다. 남자만 보면 그가 누구든 마구 욕설을 퍼부었다.

"미친놈! 너가 미친놈이다. 왜 발길질이야? 왜, 왜."

그 음성이 얼마나 날카로운지, 얼마나 크고 우렁찬지 사찰계 형사들과 지나가던 행인들이 혀를 끌끌 찼다. 끌끌 혀를 차는 그들에게 경희는 침을 퉤! 퉤! 뱉었다.

"누구 주리를 틀어? 너가 미친놈이다!"

출옥하고 얼마 동안은 그저 조용히 정물처럼 앉아 있었다. 홀로 구슬피 울기만 했다. 난동은 없었다. 어머니는 형사들이 나타나면 딸의 증세가 심해지는 것을 눈치챘다.

어머니는 건장한 형사 두 명과 정신이 들락날락하는 큰딸 사이에서 잠시도 마음을 놓지 못하고 전전긍긍했다. 생계 수단인 가게 문을 닫고 힘이 미치는 한 이 병원 저 병원으로 딸을 데리고 다녔다. 딸의 괴이한 병을 고쳐보려고 백방으로 노력했지만 허사였다. 궁여지책으로 생각해 낸 게 원능골 원혜암圓慧庵이었다.

문희는 기억하고 있다. 언니가 휴전 전후해서 집을 떠나 있었던 것을. 그곳이 감옥이었다는 것은 한참 후에 알게 되었다.

수년 만에 책 보따리를 바리바리 들고 집에 돌아온 경희의 외모는 고요하고 단정해 보였다. 그런데 잘 보면 어딘가 얼이, 기가 폭

빠져 있는 모습이었다. 얼이나 기의 문제라면 그건 오히려 약과였다. 집에 돌아온 지 한 달이 경과하고부터 경희는 반미치광이 형태로 변화하기 시작한 것이다. 이른바 발병이었다. 두 명의 형사는 경희 소동에도 아랑곳없이 제집처럼 사랑방을 점거하고 앉아서 장기판을 두들겼다.

"악! 저리 갓! 이놈들! 나 집에 갈 거야!"

경희는 사랑채를 향해 고성을 질렀다. 집안의 모든 문을 다 열어젖히고 온몸을 부들부들 떨면서 허공에 대고 악을 썼다. 동네 사람들이 하나둘 몰려왔다. 경희는 주로 남자들에게만 악을 쓰는 것 같았다.

"나쁜 자식! 지옥에나 떨어져라! 너? 죽엇!"

다수의 적에게 둘러싸인 것일까. 부릅뜬 경희의 두 눈에 눈물이 그렁그렁했다.

"쯧쯧, 이 집 처녀가 징역 살다가 정신이 해까닥 돌았다며?"

"글씨유. 간첩 대장 애인이었다믄서."

경희는 그 말을 들었는가 말았는가, 머리칼을 움켜쥐고 비통한 울음을 쏟아냈다. 경희의 증세는 점점 그 도를 더해갔다. 밤중에 괴성을 지르고 발버둥을 치며 울음을 터뜨린다든지, 문 창호지를 쥐어뜯는 행위는 자못 망측하고 해괴했다.

C시의 유명한 정신과, 내과 의사 누구도 그 원인을 속 시원히 밝혀내지 못하였다. 그들은 군이 밝혀내려는 의지도 없고 시도도 하지 않은 것 같았다.

시간은 덧없이 흘러갔다. 어느 날 새벽 무슨 기척에 눈을 떠보니 보퉁이 같은 걸 머리에 인 어머니와 경희가 대문을 막 나서고 있었다. 문희는 대문에 귀를 기울인 채 신경을 곤두세웠다.

"경희야! 내 손을 잡아라!"

어머니의 나지막한 목소리를 끝으로 다른 소리는 더 들려오지 않았다. 형사들이 집에 나타나기 전에 경희를 원능골 해명 스님이 계신 원혜암으로 피신시키려는 것으로 문희는 지레짐작했다.

형제들은 깊은 잠에 빠져 오히려 다행스러웠다. 그들이 잠이 깼다고 무슨 수가 생기는 것은 아니었다.

경희의 걸음 속도는 지지부진이었다. 많이 느렸다. 수년 동안 작은 공간에 갇혀 지낸 탓이리라. 그러나 집에서 걱정하던 것에 비하면 경희의 상태는 비교적 양호한 편이었다. 쾌청한 날씨 탓도 있지만 어머니와 단둘이서 나들이를 하게 되어 기분이 좋은 것 같았다.

남다리를 건너자 원능골 가는 길은 무심천을 낀 소로로 이어졌다. 무심천 옆으로 잡풀이 우거진 곳에 드문드문 들꽃이 보였다. 군데군데 바위가 솟아 있어 앉아 쉬기에 적당해 보였다.

"여기 좀 앉자! 경희야! 배고프지?"

모녀는 발걸음을 멈추고 집에서 준비해 온 김밥을 먹었다. 남의 눈에 띌까 싶어 일찍 집을 나온 셈이라 시장기가 심했다.

"김밥 맛있어요!"

경희는 어머니가 잠 안 자고 준비한 김밥을 맛나게 먹었다. 이럴 때 보면 아무 일 없어 보이는데…… 어머니가 경희를 바라본다.

어머니는 이상행동을 하는 큰딸을 위해 조용하고 쾌적한 장소로 해명 스님의 토굴 원능골 원혜암圓慧菴을 선택한 것이다. 기성을 질러도 주변이 산으로 둘러싸여 아무도 듣는 사람이 없는 곳, 혹여 할 수 없이 듣게 되더라도 동네방네로 소문을 퍼뜨리는 사람이 없는 곳으로 원혜암은 최적이었다. 경희의 발병보다 더 가공할 일은 사실보다 부풀려서 여기저기 퍼트리는 사람들의 입담이었다.

"시집가기는 다 틀렸군."

"미친 가시나를 누가 데리고 가겠어?"

"간첩 대장 애인이었다문서?"

"밤중에만 생지랄을 한다지 뭐여."

어머니는 귀를 틀어막고 싶었다. 급한 일 아니면 집밖에 나가지도 않았다.

소로를 다 빠져나오자 자생 뽕나무가 많은, 누에머리를 닮았다는 잠두산蠶頭山으로 올라가는 길이 구불구불 선명하게 드러났다. 구불구불 이어진 산길을 올라가노라니 무심천이 저 아래로 내려다보이고 물결은 햇빛에 반사되어 오묘한 빛을 발산했다. 산과 내, 풀, 나무 할 것 없이 6월의 푸름과 싱그러움이 천지사방에 넘쳐흘렀다.

"여기 와 본 곳 같아요. 식물 채집하러 문희랑 온 곳 맞아요!"

경희가 산 꿩이 놀라 날아갈 정도로 큰 소리로 말했다. 기억이 되살아나는 모양이었다. 그녀의 음성은 새소리보다 더욱 맑았다.

부처님, 하느님, 조상님, 천지신명이시여! 어머니가 깜짝 놀라 두 손을 가슴에 모았다. 그 자리에 그렇게 늘 존재해온 자연 풍물을 대하고 즐거워하는 경희에게서 어머니는 어떤 가능성을 본 것일까?

산등성이가 끝나고 완만한 비탈길을 내려와 논과 밭 사이로 걸어갔다. 포릇포릇 벼가 자라고 있는 논에는 수초를 헤치고 올챙이들이 떼를 지어 몰려다녔다.

"올챙이야! 여기, 올챙이!"

올챙이를 발견하고 경희가 소리를 빽! 질렀다. 어릴 적 생각이 나는가. 어머니의 얼굴에 얼핏 미소가 어린다.

낮은가 하면 높아지고 높은가 하면 낮아지는 산길, 밭길을 한나절 더 걸어서 모녀는 C시의 남서부, 오지에 속하는 원혜암에 도착했다.

높고 낮은 산봉우리가 겹쳐진 곳에 자리한 원혜암의 전경은 산 이름 그대로 큰 누에가 꿈틀거리듯, 위엄과 생기가 공존하는 듯한 인상을 풍겼다. 안정감과 엄숙함이었다.

일주문을 들어서자 큰 법당 가는 길, 관음전 오르는 길, 요사채 가는 샛길, 칠성각 가는 길이 여러 갈래로 뻗어 있었다. 어머니는 잠시 걸음을 멈춘다. 눈을 들어 하늘과 구름 무더기를 올려다보았다. C시가 저 아래로 까마득하게 내려다보였다. 꽤나 멀리 왔다는 자각이 들었다.

"어머니! 여기 수련이 떴네요! 예뻐요!"

경희 목소리에 힘이 느껴졌다. 집에 있을 때 욕하고 소리 지르는 거친 목소리가 아니었다. 기쁨에 찬 소녀의 음성이었다. 수련은 범종각 계단 아래 연못에서 앙증맞은 봉오리를 몇 개 달고 개화를 기다리는 자태였다. 어머니는 생각했다. 수련 꽃봉오리가 경희 성품과 닮아있다고. 처염상정 방화즉과處染常淨 芳花卽果, 즉 진흙탕 속에 처해도 물들지 않고, 꽃피자 열매 맺는 연꽃의 꽃말은 바로 경희의 장대한 미래를 보는 것처럼 흐뭇했다. 보이지 않는 어떤 힘이 딸의 영혼을 보위하는 것 같아 어머니는 가슴이 벅차올랐다.

모녀는 목탁 소리가 나는 곳으로 부지런히 발걸음을 옮겼다. 옆문을 열고 조용히 법당으로 들어섰다. 거기 연화대 불상 맨 앞자리에 해명 스님의 뒷모습이 보였다. 많은 신도들이 스님의 목탁 소리에 맞춰서 절을 올리고 있었다. 예불의식을 마친 해명 스님이 몸을 일으켜 신도들을 향해 합장한 후 가부좌를 틀었다. 수행과 정진으로 다져진 스님의 모습은 온유와 자애로운 기운으로 가득했다.

"오늘은 지난주에 예고한 대로『직지』본문으로 들어가 법문을 하겠습니다. 자아, 여러분! 교재를 펼쳐주세요! 직지가 무슨 책인지 아시는 분 계십니까? 직지를 처음 들어보시는 분?"

해명 스님은 좌중을 돌아보았다. 맨 뒤에 자리 잡은 경희 모녀를 발견하자 스님의 두 눈이 살짝 커졌다. 마치 큰 바위 두 개가 법당 안에 들어온 것처럼 알 수 없는 중량감이 해명 스님의 어깨를 누르는 것 같았다. 원혜암 신도들이 저마다 손을 들었다. 직지를 아는 분? 해도 손을 들었고 이 책 이름을 처음 들어보는 분? 해도 모두

저요, 저요, 하면서 손을 들었다.

"스님! 직지가 무슨 책인지요? 스님께서 직접 설명해주시면 좋겠습니다."

쉰 안팎의 성질 급한 거사가 오른손을 번쩍 들고 앞으로 나오면서 말했다.

"좋은 질문이십니다. 여러분 잘 들어주세요."

신도들이 스님의 설명을 잘 듣기 위해서 방석을 들고 자리를 옮겨 앉느라고 실내는 잠시 소란스러웠다.

"직지가 탄생하기 전 13세기 말 고려의 시대적 상황부터 설명하겠습니다."

'25대 충렬왕 대에 이르러 고려는 원나라의 부마국으로 전락, 변발과 호복으로 몽고 풍습을 따라가며, 자생력을 잃고 친원 정책을 강행한다. 북방 야인과 왜구의 침입이 빈번해지는데 고려의 왕은 국정보다는 사냥과 여색만 탐했다. 더구나 원의 내정간섭이 극에 달해 고려 조정은 극도의 혼란에 빠지게 된다. 제31대 공민왕은 획기적인 개혁정책, 배원정책을 폈으나 반대파의 방해에 부딪힌다. 중국 하북성 일대에서 일어난 홍건적의 난과 왜구 침입으로 고려는 위기에 처한다, 설상가상으로 왕비 노국공주가 사망하자 공민왕은 정사를 신돈에게 맡기고 노국공주의 명복을 빌기 위해 불사에 전념한다. 바로 이때 국가 사회적으로 혼란한 시기에 정읍 출신 백운 경한 스님은 승려로서의 공부를 인증받기 위해 원나라의 스승 석옥 청공을 만나러 갔다. 백운 스님은 석옥 청공 선사에게서

『직지심체요절』을 전수함으로 승려로서 해야 할 공부가 다 되었다는 인가를 받고 귀국한다.'

백성들은 살기 어려워 중국으로 이주를 하거나 남아 있어도 나라 걱정으로 하루도 편한 날이 없는 불안하고 위태로운 시기였다. 백운 스님은 나라의 위기와 피폐한 민생을 구제하기 위해서는 불법을 널리 홍포하고 백성들의 마음을 안정시키는 것이 최선의 방법이라고 여겼다. 그 방법 외에 달리 묘책은 없어 보였다.

백운 스님은 직지심체요절을 보완 초록하여 『백운화상불조직지심체요절』을 손으로 써냈다. 이 책을 줄여서 『직지』라고 부른다. 백운 스님 입적 후, 백운 스님의 유지를 받들어 바람 앞에 등불이 된 고려를 구하고 민심을 안정시키기 위해 제자 달잠과 석찬, 묘덕 비구니 스님의 원력으로 금속활자본 직지가 세상에 나오게 된다.

해명 스님이 원나라에 종속되어 민족정신을 망각한 고려 말의 참담한 역사를 요약하여 설명하는 동안 누구도 기침을 하거나 숨을 크게 쉬지 않았다.

"여러분! 잘 들으셨죠? 교재로 들어갑니다. 직지 본문 중에서 〈자고새 우짖는 곳에 온갖 꽃 향기롭네〉 도오 선사 편을 보시겠습니다. 직지는 세계에서 가장 오래된 금속활자본으로 세상에 나왔습니다. 인쇄문화유산으로서 그 가치가 높이 평가되고 있습니다. 인쇄기술도 더없이 중요하지만 '직지'의 본질은 '내용'에 있습니다. 마음의 본체를 설한 법어法語의 정수인 직지에는 상생과 화합의 정신, 지혜가 담겨 있습니다. 우리는 그 내용을 공부하는 것입니다. 스님이 먼저 읽겠습니다."

어떤 스님이 도오 선사에게 물었다
조사선이 무엇입니까?
도오 선사가 대답하였다.
강남의 삼월을 아련하게 떠올려보니
자고새 우짖는 곳에 온갖 꽃이 향기롭구나

"도오 선사에게 조사선이 무엇이냐고 물었는데 도오 선사는 지극히 평범하게 삼월의 강남땅에 자고새가 울고, 백화 또한 만발하니 향기가 그윽하다, 고 시적으로 표현합니다. 이 한마디 말로 보아도 조사선이 인간 정신의 극치이며, 선불교의 절정이라고 할 수 있습니다. 매우 인간적이고 평상의 도리라는 것을 알게 됩니다.

백운화상이 '이 한 구절에 세 구절을 갖추고 있다'라면서 '뜰 앞의 잣나무' 도리까지 알아차리게 합니다. 스님은 자고새 우짖고 온갖 꽃이 피어나는 강남의 삼월을 '뜰 앞의 잣나무'와 같은 맥락으로 보고 자신의 견해를 말씀하셨습니다. '뜰 앞의 잣나무'는 실상을 그대로 보게 하는 선문답으로, 뜰 앞의 잣나무를 바라볼 때, 왜 거기 있느냐를 따지지 않고 그냥 바라보면 나무의 본래 그대로의 모습을 볼 수 있습니다. 모든 사물을 대할 때 좋다 나쁘다 분별하지 말고 있는 그대로를 보라는 백운 스님의 가르침입니다. 이해되십니까?

한자는 좀 어려워 보이지만 뜻을 이해하게 되면 하나도 어려울 게 없지요. 어렵다고 생각하는 자체가 어렵게 하는 것입니다. 어려운 것은 실체가 아닙니다. 우리의 생각일 뿐입니다. 여러분! 제목이 참 향기롭지요? 시적인 정감이 훅! 끼쳐오지 않나요? 불법은 이처럼 오묘하고 신통 자재합니다. 깨달으면 깨달을수록 지혜 문이 넓어지고 밝아집니다. 우주의 원리를 깨달아 알게 되면 그만큼 우리의 삶은 풍요로워지는 것입니다.”

해명 스님은 이어서 또 한 편을 읽기 시작했다.

백운수단 선사가 말했다
모름지기 사람(선지식)을 만나야 된다
만약 사람을 만나지 못하면 다만 꼬리 없는 원숭이 같아
재주를 보이려고 하면 사람들이 곧 비웃는다
이 도리를 깊이 믿는 사람은 만 명 중 한 사람도 없다
진실로 불쌍하고 진실로 안타깝다

“백운수단 선사는 뛰어난 기질과 출중한 근기를 소유했습니다. 선지식을 만나지 못하고 혼자서 잘난 체하였습니다. 후에 양기산에서 방기산으로 옮겨 양기방회 스님을 만남으로 바른 눈을 뜨게 되자 과거에 선지식을 만나지도 못하고 잘난 체한 것을 부끄러워합니다.”

신도들은 그 대목에서 고개를 끄덕끄덕하며 일제히 자세를 바로잡았다.

"여기에서 '사람'은 선지식을 이르는 말입니다. 선지식은 길라잡이, 스승, 선각자 등의 의미로 볼 수 있습니다. 좋은 스승, 선지식을 만나지도 못하고 혼자서 공부 좀 했다고 잘난 체하면 안 된다는 말씀입니다. 여러분! 어떻습니까? 듣고 보니 쉽고 재미있지요?"

"네!"

가부좌한 채로 경청하고 있는 경희의 존재는 언제 소동을 피웠던가 싶게 다소곳하고 이채로웠다.

"어떤 스님이 도오 선사에게 무엇을 물었다고요? 아마도 여러분들은 이 말씀을 듣는 순간 궁금증이 일어날 것입니다. 그냥 듣고 있으면 되지. 법 높으신 도오 선사에게 물을 것이 무엇이 있나 하고. 그럼 묻지 않고 천천히 혼자서 깨달을 수 있으면 더 좋을까요?"

"아니요! 모르는 게 있으면 스승님께 물어야 합니다."

경희였다.

"그렇습니다. 궁금하거나 모르는 게 있으면 주저하지 말고 질문하는 게 당연합니다. 의문이 생기면 품고만 있지 말고 선지식에게 여쭈어 그 의문을 풀어내면 깨달음에 이르는 길이 더욱 견고해지고 빠를 수 있습니다. 자아! 교재를 잘 보세요. 직지에서 가장 많은 분량을 차지하는 내용을 한 편 더 공부하겠습니다."

해명 스님이 다음 장을 펼쳤다.

"인도 지공誌公 화상의 대승찬송 중에서 오늘은 일부분만 보겠습니다. 직지는 과거 7불의 가르침과 인도의 28조사님의 가르침, 중국의 110선사들의 가르침 중에서 중요한 부분만을 발췌한 것이

모두 145가家가 됩니다. 그중에서 지공 화상의 대승찬송大乘讚頌 전문과 십사과송 전문이 가장 많은 분량을 차지하고 있습니다. 이 것은 아마도 지공의 사상과 삶이 백운 스님에게 큰 감동을 주었기 때문일 것입니다. 지공 화상의 십사과송 중에서 한 편을 다 함께 읽어 보시겠습니다."

중생은 부처와 다르지 않고
큰 지혜는 어리석음과 다르지 않네
무엇 때문에 밖을 향해서 보배를 구하랴
내 몸에 저절로 밝은 진주가 있도다

"여러분! 중생과 부처가 다르지 않다. 이 말씀을 누구나 한 번쯤 은 들어보셨을 것입니다. 우리 모두 본래는 부처입니다. 다만 무 명에 가려 중생이니 부처니 분별하고 있는 것뿐입니다. 번뇌와 보 리, 부처와 중생은 오직 하나의 마음자리일 뿐입니다. 『화엄경』에 도 마음과 부처와 중생은 차별 없는 하나인데[1], 다만 편의상 다르 게 이름을 지어 부르는 것입니다. 『법화경』 오백제자수기품에 보 면 자신의 옷 속에 여의주를 지닌 줄 모르고[2], 헛수고를 하는 중생 이 등장합니다."

법당에는 알게 모르게 신도들의 초발심이 점차 회복되는 기미 가 차오르고 있었다. 자신의 옷소매 속에 값을 칠 수 없는 엄청난

---

1 『화엄경』 제16장. 야마천궁보살설게품(夜摩天宮菩薩設偈品). 心佛及衆生 是三無差別.
2 『묘법연화경』 오백제자수기품(五百弟子受記品 第八). 不覺內衣裏 有無價寶珠.

보배가 있다는 사실은 경희에게도 매우 고무적이면서 놀라운 변화를 예고하는 듯했다. 보배구슬을 본래 가졌으므로 밖에서 보배를 구하는 어리석은 짓은 삼가야 한다는 각오를 새롭게 다짐하는 순간이기도 했다. 경희의 뇌리에 보배구슬 이야기가 쏘옥! 들어와 박힌 것이다.

"다시 앞 페이지로 돌아갑니다. 교재를 보시면 어떤 스님이 도오 선사에게 '조사선이 무엇입니까? 라고 물었다고 서두에 나옵니다. 여러분은 선에 대해서 조금 들어 알거나 직접 선을 해보신 분도 계실 것입니다. 조사선에서 말하는 선禪이란 다름 아닌 평상심으로, 평상심이 바로 도道이고, 생활이며, 이 평상심을 즉심시불[3] 곧 마음이 부처라고 하는 것입니다."

해명 스님은 법문을 중간에 끊고 나서 컵을 들어 차를 한 모금 머금은 후에 다시 법문을 이어갔다.

"고려 시대 백운 선사는 평생에 수행한 공부를 점검받기 위해 선지식을 찾아 중국 절강성에 갔어요. 임제종 17대손 원나라 석옥 청공 선사에게서 인가를 받고 여러분! 무엇을 받아왔다고요?"

해명 스님은 말을 끊고 대중에게 질문했다.

"『불조직지심체요절』을 받아옵니다."

대중 속에서 여럿의 목소리가 이구동성으로 대답했다.

"지금 우리가 공부하고 있는 이 책은, 후에 백운 선사가 이 책의 요점을 초록 보완해서 정리한 『백운화상불조직지심체요절』 흔히

---

3 直指人心 見性成佛 卽心是佛.

『직지』라고 부르는 책, 그 내용 중에서 가려 뽑은 것을 공부하고 있습니다. 여러분! 무엇을 공부한다고요? 백운 선사의 선지식은 누구일까요?"

"네! 직지요. 직지를 공부하고 있어요."

신도들은 저마다 손을 들고 '직지요' '석옥 청공 선사요' '지공 화상이요'를 합창했다.

"그럼 즉심시불은 무슨 뜻이라고요? 모르시는 분 손들어 보세요? 아, 저기 뒤에 나이 드신 어르신! 말씀해 보세요?"

창가 쪽에 앉아 있던 나이 든 신도가 자리에서 천천히 일어났다.

"시님! 지는 예, 나(나이)도 많고 행팬이 하 어려봐서 글도 한 자 배우지 몬했심다. 날만 새면 바다에 나가 굴도 따고 바지락도 잡고 핑생 그리 안 했습니까. 아가(애들이) 다섯이나 되닝께 그걸로 핵교도 가르치고 하느라 이꺼정(이제까지) 지를 위해서는 코푸는 수건 한 장 못 가져봤심. 원혜암 시님 법문이 하 영타 캐서 먼 데서 물어물어 찾아오기는 했지만서두 지는 귀도 먹통입니데이. 고마 짚신시부는 오데서 듣기는 들었능기라요. 그카니께니 그거이 뭔 말씸인교?"

"하하하, 호호호, 흐흐흐."

법당은 삽시간에 웃음바다가 되었다. 데굴데굴 법당 바닥을 구르는 사람도 있었다. 웃음소리가 법당을 빠져나가 인근 산으로 들판으로 퍼져나갔다. 경희도 어머니도 하도 웃어서 눈물이 나고 허리가 다 아팠다. 그들 모녀에게 웃음이 영영 작별을 고한 줄 알았다. 한참을 웃고 나서 어머니는 경희를, 경희는 어머니를 바라보았다. 모녀는 웃었다는 사실이 신통해서 마주 보며 또 웃었다. 웃음이 웃음을 이끌었다. 막힌 가슴이 뻥! 뚫리는 것 같았다. 웃음은 그들의 어두운 일상을 뒤엎는 일대 사건에 해당했다.

그 노 보살이 짚새기라고 발음하지 않은 것은 그래도 제대로 듣긴 들었다는 것으로 짐작되었다. 모르는 것을 잊어버리지 않고 마음에 새기고 있다가 이렇게 물어주니 그 마음 됨이 신실해 보였다.

"보살님! 짚신시부가 아니고요 즉, 심, 시, 불, 입니다. 보살님이 지금 궁금한 것을 물어보시는 그 참된 마음이 바로 부처님이다, 마음이 부처님, 이렇게 보시면 되겠습니다. 잘 아시겠습니까? 진도에서 오신 노 보살님께 다 같이 힘찬 박수를 보내드립시다."

해명 스님은 노 보살이 알아들을 수 있도록 큰 소리로 천천히 설명했다. 웃음 때문에 흐트러진 법당은 박수 소리와 함께 이내 정돈이 되었고 해명 스님은 다음 구절을 풀이하기 시작했다.

"여러분! 도오 선사에게 물은 게 무엇이었다고요? 아는 분?"

해명 스님은 누구나 알아들을 수 있게 어려운 낱말을 쉽게 풀이했고, 듣는 이들의 머릿속에 입력이 되도록 이미 들어 아는 것도 재차 질문을 던졌다.

"네! 저요!"

경희가 손을 번쩍 들었다. 해명 스님은 기다렸다는 듯이 경희를 지명했다.

"어떤 스님이 도오 선사님께 물은 것은 조사선이었습니다. 조사선에서는 평상심이 곧 부처님이다, 라고 말하고 있습니다."

목소리에 구슬을 매단 듯 곱고 청아했다. 꼿꼿이 일어선 자세 또한 단정하면서 동해바다를 솟구쳐 떠오르는 아침 해처럼 엽엽曄曄하여 가히 황홀지경이었다.

"여러분 잘 들으셨지요? 조사선은 평상심, 평상심은 부처님, 부처님은 우리의 참 마음, 여러분! 시험을 쳐도 백 점 맞을 자신 있지요?"

"네!"

신도들이 화답했다. 해명 스님이 다음 구절을 읽어 나갔다.

"자고새 우짖는 곳에 온갖 꽃 향기롭네. 여기서 우리는 무엇을 생각할 수 있습니까? 자고새가 어떤 새인지, 아시는 분?"

해명 스님은 청중들이 졸거나 하품하는 일이 없도록 재미있게 진행하면서도 일구도 중요한 대목을 빠트리거나 허술하게 넘어가지 않았다.

"자고새는 꿩 과에 속하는 예쁜 새로, 산이나 들에 살며 생김새는 메추라기와 비슷하다고 합니다. 다 같이 자고새의 전생을 들어보시겠습니다."

사람들은 호기심으로 저마다 두 눈을 빛내고 있었다.

'자고새 전생 이야기는 부처님이 사위성으로 가셨을 때 사리불 장로가 자리를 빼앗긴 일에 대해 말씀하신 것이다. 급고독 장자가 기원정사를 건립하고 부처님께 사자를 보냈을 때, 부처님은 왕사성을 떠나 비사리에 도착하시어, 거기서 자유로이 머무르시다가 사위성으로 출발하셨다. 사람들이 앞서 출발하여 자리를 미리 잡아 놓고 장로들에게 「이 자리는 우리 스님에게, 이것은 우리 선배님에게, 이것은 우리 스스로 가지리라」고 하여, 장로의 제자들은 자리를 잡을 수가 없었다. 자리를 잡지 못한 사리불 장로가 부처님 자리 가까이 있는 나무 밑에 앉아 있자 부처님께서 다음과 같은 설화를 들려주셨다.'

"이야기 속에 도道 이야기가 나옵니다. 여러분 잘 들어주세요."

옛날 히말라야 산 중턱의 큰 용나무 가까이 자고새, 원숭이, 코끼리, 세 벗이 살고 있었다. 그들은 서로 존경하거나 순종하지 않고 생활의 법을 예사로 어기게 되었다. 그래서 그들은 생각하였다.

「이런 생활은 우리에게 적당치 않다. 우리는 우리 가운데서 가장 나이 많은 이를 공경하고 예배하며 살아가자」 그리하여 그 가운데 누가 가장 나이 많은가 생각해보았다. 그때 원숭이가 코끼리에게 말했다.

「벗이여, 내가 어렸을 때에 이 용나무는 관목灌木이었으므로 나는 그것을 타고 다녔었다」 하니 자고새가 「벗이여, 옛날 어떤 장소에 큰 용나무가 있었다. 나는 그 열매를 따 먹은 뒤에 이 장소에 와서 대변하였는데, 거기서 이 나무가 났다」 하였다. 원숭이와 코끼리는 현명한 자고새에게 말하였다.

「그대는 우리보다 나이 많다. 지금부터 우리는 그대를 존중하며 섬기고 공경하리라」. 자고새는 그들을 훈계하여 계율을 지키게 하고 자신도 계율을 지켰다.

비구들이여, 실로 저런 동물까지도 서로 존경하고 순종하면서 살았다. 그런데 너희들은 이렇게도 좋은 경율을 배우면서 왜 서로 존경하고 순종하지 못하는가. 지금부터 너희들은 그 나이를 따라 합장하며 공양하며, 또 그 나이를 따라 최상의 자리와 가장 좋은 물과 가장 맛난 음식을 얻으며, 또 지금부터 젊은이는 연장자의 자리를 빼앗지 말아야 한다. 무릇 남의 물건을 빼앗으면 그것은 돌길라의 죄(몸과 입과 뜻으로 지은 죄)가 된다, 하고 「그때의 코끼리는 저 목건련이요, 원숭이는 사리불이며 그 자고새는 바로 나였다」고 말씀하셨다. 〈본생경 추조품〉

"여러분! 자고새 이야기 재미있지요? 자고새는 누구의 전생이었다고요? 부처님? 네! 맞습니다. 자고새가 우짖는 곳은 바로 오늘 여러분들이 계신 이 법당이고요, 부처님 말씀을 공부하는 여러분은 온갖 꽃이라고 할 수 있지 않겠습니까? 여러분은 자고새 우짖는 소리에 피고 지는 아름다운 꽃입니다. 어떻습니까? 여러분! 행복하지 않나요?"

"네! 행복합니다."

경희였다. 경희가 제일 먼저 핀 꽃처럼 호기 있게 말했다.

"자고새를 따라 동물의 세계도 이처럼 질서가 있고 서로 존중하고 살지 않나요? 그게 바로 살아가는 도리입니다. 동물이라고 함부로 대하면 안 되는 가르침을 우리는 배웠습니다. 그럼 본문으로 돌아가서 다 같이 읽겠습니다.

'강남의 삼월을 아련하게 떠올려보니 자고새가 우짖는 곳에 온

갖 꽃이 향기롭구나.'

이 구절에서 느낀 점이 또 있는 분? 아, 네. 저기 저 남쪽 창가에 앉아 계신 거사님, 말씀해주시죠?"

법회는 한 시간을 훌쩍 넘겼으나 밖으로 나가는 사람이 없고, 오히려 그 시간이 빨리 지나가면 서운해할 그런 얼굴들이 대부분이었다.

"무릇 승단뿐 아니라 중생살이에도 일정한 법도와 질서가 유지되어야 새가 울고 꽃이 피는 행복한 삶을 살 수 있다는 교훈을 얻었습니다."

"그렇습니다. 우리가 '나'라고 하는 아상, 아만을 버릴 때 상대방을 존중하고 배려할 수 있습니다. 그러면 자고새는 본생설화에서 어떤 새였나요? 제멋대로 굴거나 욕심내고 화내고 어리석은 자고새였다면 '자고새 우짖는 곳에 온갖 꽃이 피었을까요? 안 피죠? 꽃이 피어날 수 없지요. 향기는 더구나 생각할 수가 없고요. 자고새 우짖는 소리에 꽃이 피고 향기가 났어요. 여러분. 수고하셨습니다. 오늘 법회는 여기서 마치겠습니다."

사람들이 수런거리며 법당 밖으로 줄을 지어 나갔다. 해명 스님이 다가와 경희 모녀에게 대중 공양간에서 공양을 마치고 내실로 오라고 귀띔했다.

공양은 정갈하고 담백한 것이 어느 유명 요리에 뒤지지 않았다. 식사를 마치고 경희 모녀는 범종각 아래, 연못 건너편에 있는 해명 스님 방으로 내려갔다. 모녀는 해명 스님이 손수 달여 주는 보이차를 마셨다.

"스님! 직지를 금속활자로 찍은 이유가 무엇일까요?"

경희는 해명 스님에게 직지가 그 시대로서는 드물게 금속활자
본으로 나온 이유를 물었다. 목판 인쇄보다 비용도 만만치 않을 것
같았다. 모르는 것은 무엇이든 선지식에게 질문하라는 해명 스님
가르침을 경희는 몸소 실천하고 있었다.

"그래 좋은 질문이야. 목판 인쇄로는 한꺼번에 많은 책을 찍을
수 없는 대신 금속활자는 대량으로 빠르게 인쇄할 수 있는 장점을
가지고 있어요. 인쇄된 책은 새로운 지식과 기술을 많은 이들이 공
유할 수 있고, 인류 문명 발전에 큰 공헌을 할 수 있지요. 고려의
금속활자 발명은 중세적 사고를 근대적 사고로 이끌었다고 볼 수
있을 만큼 획기적 사건이예요."

해명 스님은 이어서 금속활자 본 직지直指는 금속활자의 종주국
이 한국임을 입증하는 귀중한 지적 자산이다. 금속활자로 찍은 인
쇄물 중 현재까지 전하는 가장 오래된 책이다. 그러나 늦게 발명한
구텐베르크의 금속활자보다 고려의 금속활자는 그다지 평가를 받
지 못했다. 그것은 국가 차원의 발명이 아니라 한적한 지방 도시,
흥덕사라는 공간에서, 묘덕 비구니의 보시에 힘입어 백운 스님의
제자들에 의해 제조되었으며, 스님들의 교재로 그 사용처가 국한
된 이유일 것이다. 그러나 직지는 출가한 스님들만 공부하는 책이
아니다. 세상을 살아가는 모든 이들에게 산소처럼 중요한 '영혼의
양식'이라는 설명을 덧붙였다.

직지가 모든 사람의 영혼의 양식이라는 해명 스님 말씀에 경희
는 깊이 감동했다. 경희에게 바야흐로 직지의 신세계가 펼쳐진 것
이다. 그녀의 선지식은 당연히 해명 스님이었다. 더 크게는 직지가
최상의 스승이요 선각자 선지식이었다. 이른바 즉심시불이었다.

자등명법등명

원혜암에 경희를 두고 어머니는 혼자서 산길을 내려갔다. 큰딸의 평온한 안색에 어머니는 안도했다. 공기 좋고 물 좋은 곳에서 불법을 공부하면서 자연과 더불어 지내면 딸의 건강이 좋아지리라는 것을 믿었다. 구름을 탄 것처럼 마음이 가벼웠다. 왜 진즉에 원혜암 생각을 못 했던가. 조금은 후회스럽기도 했다.

경희는 원혜암 서가에 있는 책에 호기심을 드러냈다. 직지에서 출발하여 읽고 싶은 책을 골라서 한 권 한 권 독파해 나갔다. 감옥에서 불안한 마음을 떨쳐버리려고 의도적으로 책을 손에 든 것과는 다르게, 한 문장 한 구절을 차분하게 정독해 나가는 사이 그녀의 심신은 빠르게 안정되어갔다. 대학입시를 위해 중국어를 달달 외우던 소녀시대로 환원한 듯싶었다.

해명 스님은 경희에게 예불에 참석하라, 기도해라, 경전을 읽어라, 아무런 요구도 하지 않았다. 그저 무심한 듯 방임했다. 연못가에서 수련을 바라보며 한나절을 앉아 있어도, 아침 기상 시간이 좀 늦더라도, 늦게 일어나 하늘 구름이나 바라보아도, 도량을 서성거리며 시간을 무수히 흘려보내도, 해명 스님은 경희의 끼니를 챙기는 외에는 일체 간섭도 제재도 하지 않았다. 절 권속들이 경희에 대해 무엇을 물어보면 '너희는 상관할 일이 아니다'라고 단호하게 말했다.

세월은 흘러 다시 봄이 돌아왔다. 먼 산에 잔설이 희끗희끗한데 원혜암 연못에는 창포 줄기가 뾰족하게 올라왔다. 덤불 속에 냉이 싹이 초록빛을 뿜었다. 원혜암 골짜기에 진달래꽃이 발갛게 피어나던 날, 경희는 괴질의 사슬에서 벗어난다. 원혜암에 머물면서는 한밤중에 큰 소리 한 번 지르지 않았다. 해명 스님에게 무슨 비법이 있었던가. 인간의 언설로는 형용할 수 없는 불가해한 우주의 섭리인가. 해명 스님으로서는 듣는 대로 다 기억한다는 다문多聞제일 아난에게 부처님께서 유언하신 말씀을 적어 경희 숙소에 걸어둔 것뿐이었다.

"아난아, 너 스스로를 너의 섬(등)으로 삼고, 너 자신을 너의 의지처로 삼아라. 법을 너의 섬으로 삼고, 법을 너의 의지처로 삼아라. 그 밖의 어느 것도 너의 의지처가 아니다."

이 구절이 경희의 가슴속에 과녁을 뚫은 화살처럼 들어와 박혔다. 부처님 입멸 후 '나를 믿으라. 내가 설한 법문을 믿어라' 하신 게 아니었다. 날 때부터 청정자성을 가지고 태어난 너 자신을 믿고 의지하라. 진리를 의지처로 삼으라는, 자등명법등명 가르침이었

다. 경희는 의지할 것은 자신밖에 없다는 것. 어머니도, 해명 스님
도, 부처님조차도 의지처가 아니라는 것을 깨달았다. 그녀의 내면
에 고요한 평화가 깃들기 시작했다.

인간의 병은 육체와 정신의 병이 있다. 정신이 병들면 육체도 아
프다. 마음의 병은 무엇으로 치료할 수 있을까. 신경정신과 전문의
L박사는 불교에 이미 답이 있었다고 말한다. 부처님의 말씀이 '상
담사례'라고 말하는 L박사는 부처님의 말씀으로 처방전을 써왔다.
평생 대중의 아픈 마음을 불법佛法으로 고치며 살아온 정신과 전문
의 L박사가 의사로서 자신 있게 말했다.

"정신적인 질환은 마음이 겪는 '갈등'이죠. 그 '갈등'이라는 것은
'나'를 잃어버린 결과입니다. 다른 말로 하면 'Who am I?'인 것이
죠. 정신치료에는 크게 두 가지 치료법이 있습니다. 하나는 '지지
치료supportive therapy'이고, 또 하나는 '통찰치료Insight therapy'
입니다. 지지치료는 환자의 불안을 덜어주고 격려와 지지로 문제
를 해결하도록 돕는 방법이고, 통찰치료는 근원을 찾아가게 함으
로써 습관을 고치고 생각을 고쳐서 깨달음으로 가게 하는 치료법
입니다. 결국 정신적 어려움을 치료하는 것은 환자로 하여금 '나'
를 찾게 해주는 것이고, 치료는 '나'를 찾아가는 과정인 것이죠."

해명 스님은 L박사의 사례와 마찬가지로 경희 스스로, 오직 자

신을 의지처로 삼고 잃어버린 '나'를 찾아가도록 유도한 것뿐이었다. 부처님이 대중의 근기에 맞춰 설법한 그대로의 방식을 차용한 것이다. 정신 상태가 불안정하고 자기 자신에 대해서 확신이 서지 않는 경희의 상황에 맞게 격려와 칭찬으로, 지지치료와 통찰치료를 병행했다고 볼 수 있었다. 결과는 기대 이상이었다.

원혜암에 머문 기간은 경희가 본래의 '나'를 찾는 과정에 해당했다. 나를 찾는 과정에서 선지식, 스승, 길라잡이는 호수 바람 구름 하늘이었다. 산하대지의 무심한 풀 나무와 꽃들이었다. 가깝게는 해명 스님이었다. 그들 모두 부처였으며 경희 역시 본래 부처였다.

해명 스님은 경희가 매서운 겨울 추위를 이겨낸 봄 들판의 보리 싹처럼 회생의 징후를 보인 것에 대해서 이종 아우인 경희 어머니 박순금에게 소식을 전했다. 특별한 치료나 약 처방을 받은 것도 아니다. 마음의 안정과 평화에 기인한 치유였다. 치료의 주체는 평화스러운 마음과, 원혜암의 자연 풍물이었던가. 경희가 원혜암에 머무는 동안 치유의 조짐은 곳곳에서 나타났다고 유추해볼 수 있었다.

경희는 무심천 변 벚꽃이 흐드러지다 못해 꽃비 되어 흩날릴 때 개선장군처럼 집으로 돌아왔다. 피부는 하루가 다르게 복숭앗빛으로 살아났으며 이따금 경희의 방에서는 경쾌한 노래도 들려오게 되었다. 그녀에게 노래가, 음률이 다시 찾아온 것은 최상의 낭보였다.

그해 가을, 경희는 전국미인선발대회에 C도 대표로 참가하는 기회를 얻게 되었다. 참가에 이어서 결혼 또한 전격적으로 성사되었다. 미인선발대회에 심사위원으로 나온 박용덕 사장은 마지막 수

영복 심사가 끝나고 모든 순서가 막을 내리자 경희를 불렀다.

"오! 참 곱구나. 올해 나이 몇 살인고?"

"스물둘 입니다."

박용덕 사장은 경희를 그 자리에서 맏아들의 배필로 정했다. 그는 인품과 재력을 갖춘 C도 전역에서 셋째 가는 거부로 D건설회사 사장이었다. 그의 큰아들은 해군 장교로 부산에서 복무 중이라고 했다.

세인들이 경희를 색안경을 끼고 바라볼 때였다. 원혜암에서 돌아오자 이웃들은 못 볼 것을 본 듯 경희를 멀리했다. 거리에서 만나면 그들이 먼저 도망을 쳤다. 무죄 석방으로 출옥하였지만 C시의 누구도 경희에게 친절하지 않았다. 시민증에 부착할 증명사진을 찍으러 갔다가 예술사진관 사장이 전국미인선발대회 출전을 제안했다. C도 대표로 나가보라고 강력하게 권했다. 그녀가 자원해서 나간 것이 아니었다. 그녀는 전국미인대회가 무엇인지 알지도 못했다.

경희에게 그 순간, 그 자리에 행운의 여신이 찾아온 것이다. 그녀의 미모가 박용덕 사장의 눈에 띈 것은 하늘이 내린 축복이었다.

'오! 내 딸 경희야! 참으로 대견하구나!'

어머니는 미인대회 출전 그 이상으로 딸의 결혼을 기뻐했다. 기쁨도 잠시 어머니는 남편 김승환 씨 없이 혼자서 딸의 혼사를 치를 일이 막막했다.

김승환 씨의 부재가 오래 지속되었다. 사찰계 형사는 매일 집에 출근하면서 감시 감독의 끈을 늦추지 않았다. 경희의 전국미인대회도 그들은 미행했다. 누가 되었던 이유 불문하고 출입을 금지했다. 공권력을 엉뚱한 데 사용하고 있었다.

연말로 잡은 결혼 날이 임박하자 어머니는 가슴속이 훨훨 불타다 못해 재가 되는 것 같았다. 가게를 열어도 건성이었다. 달이 떠오르면 어머니는 아픈 허리를 끌고 다니며 장독대에 정화수를 올리고 천지신명께 빌었다. 그 방법밖에는 달리 묘책이 떠오르지 않았다. 더도 말고 결혼식 날 하루만이라도 남편이 집에 올 수 있기를 학수고대했다. 웨딩드레스를 입은 신부 손을 붙잡고 식장에 들어갈 남자 어른이 꼭 있어야 했다.

서울로 결혼식 장소를 정했다는 전갈과 함께 사돈네에서 사주단자가 왔다. 사돈 댁에서도 경희를 신중하게 배려하는 것이 눈에 보이는 듯했다.

어머니와 경희는 행장을 꾸렸다. 문희를 비롯, 어린 자식들은 집에 두고 간단히 다녀올 심산이었다. 서울에는 약국을 경영하는 동생이 있어 그만해도 안심이었다.

결혼식 전날 밤이었다. 지나가는 바람일까, 대문 두드리는 소리가 들린 것 같았다. 경희의 결혼식도 결혼식이지만 어머니는 김승환 씨가 어디든 살아있어만 주어도 다행이다 싶었다. 시계는 자정을 막 넘어가고 있었다.

똑. 똑. 똑.

사찰계 형사가 아닌 것이 천만다행이었다. 김승환 씨였다. 충남

서산 깊은 산골에 숨어 지내다가 경희가 박용덕 사장의 맏며느리가 된다는 소문을 들었다고 했다.

결혼식은 간단하지만 품격 있게 끝났다. 천우신조라고나 할까. 경희는 심신 공히 건강하게 집을 떠날 수 있었다. 경희의 시련은 그 지점에서 일단 막을 내린 것으로 보였다.

충신동 주택에는 재선 경희 부부와 시어머니 윤 씨, 그리고 결혼한 지 얼마 안 돼 소박맞고 돌아온 경희의 손위 시누이 박재임이 함께 살았다. 시아버지 박용덕 사장은 주로 C시에서 활동했고, 작은아들 재형과 C시에 살았다. 재선의 연년생 동생 재형은 일찍 연애결혼을 하여 슬하에 남매를 두고 있었다.

박용덕 사장이 서울에 벌인 사업체는 해군 장교로 제대한 경희의 남편 재선이 운영했다. 실제로는 사장 역할이나 마찬가지였다.

경희에게는 인생의 새로운 전기를 맞이한 듯 희망에 찬 생활이 이어졌다. 일하는 아줌마가 따로 있어 웬만한 살림살이는 아줌마가 다 해냈고, 경희는 시어머니와 장을 본다든지 정원을 돌보면서 지냈다. 정원에 철철이 피어난 꽃을 꺾어 집안을 아름답게 장식하는 것은 경희 몫이었다. 때로는 동대문 시장에 나가서 정원에는 없는 진기한 화초를 사다가 심기도 했다. 아침저녁 물을 주고 정성껏 돌보느라면 예쁜 꽃이 피어나 보는 이들을 즐겁게 했다.

하루는 부엌 아줌마까지 대동하고 시어머니와 함께 참게를 사러 나갔다. 사는 사람, 파는 사람, 벅신벅신 활기가 넘치는 곳이 동대문 시장이었다. 시장 안으로 깊숙이 들어가자 건어물 가게 앞쪽으로 생선가게가 즐비했다. 좌판에는 꿈틀꿈틀 살아 움직이는 꽃게가 수북하게 쌓여 있었다.

"오늘 잘 나온 것 같구나! 게가 좋아 보여!"

시어머니가 꽃게 좌판으로 걸어가자 경희도, 부엌 아줌마도 꽃게 좌판으로 다가섰다.

"이거, 다 얼마요?"

경희와 부엌 아줌마가 놀라 시어머니를 바라본다.

"한 짝이라야 몇 마리 되간?"

시어머니가 수월하게 꽃게를 흥정했다. 간장 게장도 담그려고 자그마치 세 상자나 샀다. 각자 바구니에 담아 들고 택시를 타러 큰길로 나왔다. 시장보다는 덜하지만 종로 4가, 5가는 많은 인파로 붐볐다.

"여어! 김경희 씨! 여기서 만나다니, 참 뜻밖입니다."

한 남자가 갑자기 튀어나와 경희에게 아는 체를 했다. 시어머니가 그 미지의 남자에게 눈길을 보냈다. 부엌 아줌마도 걸음을 멈추고 뚱뚱해서 눈이 더 작아 보이는 중년 남자를 주시했다.

"저, 잠깐 시간 좀 내주실 수 없겠습니까?"

남자가 경희에게 제안했다.

"여보시오?"

시어머니 손에 들린 꽃게 바구니가 부엌 아줌마 손으로 건너갔다.

"댁네는 뉘시오?"

시어머니 윤 씨가 다그쳤다.

"어르신! 처음 뵙겠습니다. 저 나쁜 사람 아닙니다. 이분 김경희 씨가 전에 전국미인선발대회에 C도 대표로 출전했잖습니까?"

거기까지는 다 알고 계시지요? 하는 듯이 그가 실토했다.

"아, 이분 김경희 씨요, 서울 ○○영화사를 제가 소개했어요. 영화를 찍기로 계약까지 체결하여 사진 몇 컷 찍고, 갑자기 사라지는 바람에 우리 사진관이 망할 뻔 안 했습니까? 제가 김경희 씨 사진을 찍은, 그러니까 C시에서요. 서운동, 탑동 쪽으로 가는 길목에 있는 예술사진관, 제가 거기 주인 되는 사람입니다."

예술사진관 사장이 시어머니 윤 씨에게 자기소개를 마치고 꾸벅 절을 했다. 경희가 그 사람 얼굴을 자세히 쳐다보았다. C시에서 제일 규모가 크고, 제일 사진을 잘 찍는다는 예술사진관, 유난히 사진발을 잘 받는다며 경희에게 미인대회 출전을 최초로 권유했던 바로 그 사람이었다.

"사장님! 안녕하셨어요? 저 결혼 했어요! 인사하시죠. 저의 시어머님이세요."

경희는 고향의 까마귀를 만난 듯 그 목소리에 반가움이 듬뿍 실렸다.

"아니 얘야! 미인선발대회가 뭐냐? 뭔 소리여 그게? 사진을 찍었다니 왜 이 양반이 니 사진을 찍어?"

시어머니 윤 씨는 황당했다. 한평생 자식 기르고 남편 뒷바라지만 해온 그녀는 문밖이라고는 동대문 시장과 남대문 시장이 전부였다.

"어머님! 아줌마랑 먼저 들어가세요. 잠깐 사장님하고 이야기 좀 하고 들어갈게요"

경희가 시어머니에게 양해를 구했다.

"결혼? 아, 좋지요. 잘하셨습니다."

예술사진관 사장이 시어머니 윤 씨에게 고개를 숙여 다시 절했다. 어머니가 청첩장을 돌리지 않았으나 그가 왜 경희의 결혼 사실을 몰랐으랴. 그는 경희에게 중신아비나 다름없는 고마운 분이었다.

경희가 예술사진관 사장과 근처 찻집에 들러 전국미인선발대회 그 이후의 이야기를 들었다. 경희 때문에 예술사진관 운영이 곤란했다는 이야기를 듣고 경희는 미안했다.

경희가 집에 돌아왔다. 집안에 꽃게 냄새가 가득 차 있었다. 거실에는 방금 쪄낸 게가 큰 소쿠리에 가득 담겨 있고, 게 소쿠리를 가운데 두고 시어머니와 손위 시누이가 마주 앉아 게를 먹고 있었다.

"너, 거기 좀 앉거라!"

옷도 갈아입기 전에 시어머니가 명령했다.

경희가 주춤거리며 거실 바닥에 꿇어앉았다.

"너 시집온 지 얼마 안 됐어. 그렇지? 근데 너 그렇게 시에미 보는 앞에서 외간 남자를 만나도 되는 거냐?"

시누이가 꽃게 다리를 뜯다 말고 경희를 흘겨본다.

"저 어머님! C시에 살 때요. 제가 학교 다닐 때부터요, 그분 우리 학교 단골 사진사였어요. 나쁜 사람 아니에요. 아까 그분이 말씀드

43

렸잖아요. 제가 C도 대표로 전국미인선발대회 나갈 때 제 사진을 찍어주셨다고요.”

경희는 시어머니가 자신의 이력을 다 알고 있는 것으로 알았다. 시아버지 박용덕 사장이 시어머니에게 그런 이야기를 결혼 전에 다 했을 거라고 믿었다.

“어머머! 올케! 올케가 미인선발대회에 나갔다고요? 거긴 뭣 하러 나가? 다 그렇고 그런 여자들이나 나가는 덴데.”

시누이가 한술 더 떴다.

“내 뭐라 했어? 시집오면 벙어리 3년, 귀머거리 3년, 눈 봉사 3년 이랬지? 근데 넌 길거리에서 웬 남자를 만나서 따라갔잖아. 이 시에미 보고 먼저 집에 가라면서 나, 참!”

갈수록 태산이었다. 행운의 봄바람이 성큼 다가와 가슴에 안긴다 했는데 웬걸, 바로 낭패라는 대못에 걸린 것이었다.

“어머님! 제가 생각이 짧았습니다. 잘못했습니다.”

경희가 공손히 빌었다.

“인물이 반반한 것들은 사고뭉치야! 며느리는 인물 소용없어!”

시누이 재임의 독설이었다.

“다시는 그런 일이 없도록 주의하겠습니다.”

경희는 자기 방에 들어가 옷을 갈아입으며 남몰래 눈물을 훔쳤다. 지난날의 악몽이 되살아나는 듯, 오장육부가 덜덜 떨려왔다. 치마를 꿰는지, 바지를 걸치는지 그저 멍했다. 그녀는 애써 마음을 추스르며, 너 자신을 의지하고 진리를 의지하라는 자등명법등명의 가르침을 떠올렸다.

뱃속에서 태아가 움직이는가. 아랫배가 무지근하면서 간간이 아파왔다 그녀는 임신 8개월의 무거운 몸이었다. 그녀의 키가 167cm로 큰 편이어서 임신 8개월이라고는 아무도 믿지 않았다.

오랜만에 박용덕 사장이 충신동 집에 왔다. 경희가 갓 결혼했을 당시는 일주일에 한두 번 다녀가곤 했다. 며늘아기가 잘 지내나 궁금하다면서 자주 왕래하다가 근래는 한 달에 몇 차례, 또는 사업 일로 상경하여 전화만 하고 그냥 C시로 내려가는 일도 있었다.

그는 한 번 올라올 때마다 경희에게 많은 현찰을 주고 갔다. 경희가 거처하는 사랑방 다락에는 현금 뭉치가 언제나 수북하게 쌓여 있었다. 장롱 밑에 돈이 눌린다더니 경희가 바로 그런 식이었다.

"너 쓰고 싶은 대로 써라! 옷도 사고 구두도 사고, 친구하고 맛있는 것도 사 먹고."

경희는 딱히 돈 쓸데가 없다. 그녀가 때아닌 간첩 애인 소동에 휘말려 어려움을 겪게 되었을 때, 지인들은 그녀 곁을 떠났다. 혼자서 외출하는 일도 거의 없다. 그래서 장롱 밑에 눌린 돈 이야기가 나오는 것이다.

반대로 시어머니는 며느리에게 용돈을 주는 일이 없다. 밥 먹여주고 재워주는데 여자가 돈이 왜 필요한지 시어머니는 이해하지 못한다. 계절 따라 몇 차례씩 큰 시장에 가서 식자재를 사다가 일가붙이들 다 모아 놓고 잔치마당을 크게 벌이는 게 주특기였다. 덕분에 경희는 결혼 후 체중이 7킬로나 증가했다. 태내의 생명을 생각해서라도 먹는 일은 소홀히 할 수 없다고 여겼다. 뚱보가 되든 먹보가 되든 태아가 튼튼하게 자라 건강하게 세상에 나오도록 하는 게 그녀의 바람이었다.

이 세상 참 별것 아니라는 것을 경희는 감옥에서 체득했다. 사랑하는 사람을 만나 좋은 주택에서 철 따라 맛난 것 만들어 먹으며, 예쁜 아기 낳아 꽃처럼 기르는 게 그녀의 새날, 새 희망이었다. 충신동 이층 양옥집에서 그녀는 바야흐로 단순 소박한 그 꿈을 이루고 있는 중이었다.

남편 재선은 호남인데다 마음씨 또한 한량없이 넓었다. 온화하고 선했다. 그의 반듯한 이마와 서글서글한 큰 눈, 상어 입처럼 입꼬리가 올라간 것은 영락없는 시아버지 박용덕 사장의 젊은 시절 모습이었다. 늙고 젊고의 차이뿐 그들 부자는 붕어빵이었다.

경희의 행복감은 태내의 아기가 성장하는 것과 때를 같이하고 있었다. 그녀의 배가 빵빵하게 부풀어 오르면서 그녀의 행복지수도 덩달아 올라가는 이치였다. 시누이의 질투와 시샘은 경희의 행복지수를 재는 바로미터였다.

세상에 부러울 것이 없었다. 단지 숭인동 산꼭대기에 어설프게 둥지를 튼 친정집, 어머니의 생활상과 어머니의 건강이 제일 큰 걱정이었다.

경희는 동생들을 야간학교에 편입시켰을 뿐만 아니라 낮에는 아르바이트로 독립정신을 길러나가도록 리드해나갔다. 그녀는 동생들에게 세상에서 믿을 것은 부모도, 종교도, 돈도, 학벌도 다 아니고 오로지 자신(마음)밖에 없다는 사실을 일깨워주었다. 원혜암에서 익힌 자등명법등명의 적용이었다.

C시에 혼자 남아 있는 문희는 이모가 책임지겠다고 했으니 경희가 달리 신경 쓸 일이 없다. 문희는 굳이 자등명법등명을 일러주지 않더라도, 차분하고 말없이 자기 일을 잘해나가고 있었다. 이모는 출가외인인 경희의 짐을 덜어주기 위해 문희 하나만이라도 돕겠다고 자진해서 나섰다. 문희에 대한 이모의 정성은 어머니 못지않았다.

"여보! 나 왔어요."

모처럼 일찍 귀가한 재선이 대문에 들어서며 경희를 찾았다. 그의 손에 소담한 장미꽃 바구니가 들려 있었다. 내일은 경희의 생일이었다.

"여보! 미리 축하해도 되지? 어쩌면 내일 나 C시로 출장 가게 될 것 같아."

재선이 꽃바구니를 건네주면서 경희의 볼에 가볍게 키스를 했다.

"뭐? 출장을 간다구?"

시어머니 윤 씨가 거실로 나오며 재선에게 물었다.

"네! 아버님이 새로운 사업을 계획하고 계시나 봐요. 재형이랑 삼부자 다 같이 의논할 일이 있으시다고요."

부엌 아줌마가 저녁상을 차렸다. 경희가 부엌 아줌마를 도와 대접에 국을 떠서 식탁으로 날랐다.

"여보! 당신은 가만히 앉아 있어요. 자꾸 움직이면 아기가 놀라

잖아. 흐음! 이 녀석! 많이 컸나. 어디 한번 보자!"

재선이 경희를 번쩍 들어 품에 안고 배를 쓰다듬어 준다.

"오우! 많이 컸는데. 이 녀석도 아빠 엄마가 빨리 보고 싶을 거
야!"

부엌 아줌마가 그들 젊은 부부를 바라보며 빙그레 웃었다.

기연 機緣

잠결에 소나기 퍼붓는 소리가 들렸다.

쏴~ 쏴~

천둥 번개가 하늘을 뒤엎을 듯, 지상을 향해 퍼붓는 빗소리의 위세가 얼마나 강력하고 험한지 짐작할 수 있게 했다.

쏴~ 쏴~

잠시 잠깐 들려오다가 이내 그치거나 자취를 감추는 그런 성질의 음향은 결코 아니다. 집요하고 끈질겼다.

깊은 잠에 들었다가도 쏴~ 쏴~ 하는 연속적이고 끈질긴 그 소리를 듣게 되면 불안하다. 잠이 달아날 수밖에 없다. 그뿐이 아니다. 온몸이 따끔거리고 가려웠다. 목덜미에 무엇이 스멀스멀 기어가는 느낌이 온다. 오싹 진저리를 친다. 흡사 딱총 같은 어떤 물질이 등허리를 향해 연거푸 응사 되었음 직한, 일종의 기분 나쁜 통증이 따랐다. 문희는 잠결에 목덜미로 손을 뻗어 쓱쓱 문질러본다. 말캉말캉한 물체가 손에 잡힌다.

앗!

문희가 기겁을 한다.

이부자리를 옆으로 비키고 일어났다. 더듬더듬 벽 쪽으로 다가간다. 전등 스위치를 눌렀다. 환한 불빛이 눈부시다. 문희는 잠시 눈을 감았다 떴다 한다. 잠이 덜 깬 문희의 눈에 방안 풍경이 희부옇게 투영된다. 손바닥을 펴고 내려다본다.

피, 문희의 손에 묻은 것은 맨드라미 색깔의 검붉은 피였다.

앗!

이번에는 그 소리의 강도가 조금 더 높았다. 어처구니없는 일을 당했을 때의 낭패감과 황당함이 집약된, 실로 그것은 온몸에 소름이 돋는 경악과 공포의 지경에 버금가는 것이었다.

쐐~ 쐐~

장대비 퍼붓는 소리를 내면서 순식간에 장롱 틈으로 몸을 숨기는 벌레들, 등짝이 불그죽죽한 수십 마리의 빈대군단이 문희의 눈에 들어왔다. 쐐~ 쐐~ 는 빗소리가 아닌, 수십 마리의 빈대가 합동으로 내는 소리였다.

서울에서 내려와 자취방을 찾아들었을 때 문희는 제법 폼나는 청소를 한 터이다. 방학 동안 비어 있던 방은 퀴퀴한 냄새가 났고, 오래 불을 넣지 않아 방바닥은 습기가 차 눅눅했다. 방문을 활짝 열고 쓸고 닦았다.

작은 책상이 놓여 있던 자리에 구들이 꺼진 것처럼 자국이 푹 패여 곰팡이가 뭉쳐 있었다. 수도가 있는 주인집 안마당을 여러 차례 오가며 물걸레를 빨아다가 힘주어 닦았다. 적어도 문희가 청소작업을 할 즈음에는 빈대와 같은 수상한 침입자는 발견되지 않았다.

문희는 허둥지둥 책가방을 꾸렸다. 개학 첫날부터 구겨진 교복을 그대로 입고 가야 한다. 다림질은커녕 밥을 지을 시간도 없다. 빈대 때문이었다. 빈대의 소음과 공격에 잠을 설친 것이다.

여름방학 동안 문희의 자취방은 주인이 바뀐 것이다. 그 방은 더 말할 것도 없이 빈대 집단의 소유였다. 무단 침입자는 빈대가 아니라 문희였다. 문희가 나타나지 않았더라면 대문 옆 문간방은 온전히 빈대의 소굴이 되었을 게 뻔했다.

문희는 서울서 입고 내려온, 조금 구겨진 교복을 한 번 흔들어 털어서 입는다. 교복을 새로 맞추러 이종 언니와 함께 여학생 교복 잘 만들기로 호가 났다는 은하양장점에 갈 때만 해도 문희는 기분이 좋았다. 개학하면 친구들에 비해 자신의 교복이 좀 더 멋질 거라고 여겼다. 서울에서, 각급 학교 여학생 교복을 제일 잘 만든다는 신문로의 은하양장점이니까.

문희는 방문에 자물쇠를 채웠다. 신라여중 골목을 빠져나와 예술사진관 모퉁이를 돌아서 본정통을 향해 빠르게 걸어갔다. 거리는 출근하는 사람들과 등교하는 학생들로 붐비고 있었다. 아침 공기는 신선했다. 푸른 하늘에 흰 구름 몇 송이가 떠서 사람들의 분주한 발걸음을 내려다보고 있다.

쇠익! 쇠익!

어?

쇠익! 쇠익!

사람 기척하고는 다른, 새의 날갯짓 같은 가벼운 움직임, 바람결 비슷한 소리가 계속 문희를 따라오고 있었다.

쉬익! 쉬익!

문희가 뒤로 몸을 돌렸다.

흰둥이였다. 대성동 집에서 급하게 동생들을 서울로 보내면서 지인 집에 맡겨 둔 흰둥이. 흰둥이의 출현은 의외였다. 흰둥이가 컹, 컹, 헛기침하듯 문희에게 아는 체를 했다.

"흰둥아! 너 어디서 나타난 거야? 내가 이 학교에 다닌다는 건 어떻게 알았어?"

문희는 흰둥이의 등허리를 손으로 쓸어내렸다.

"잘 있었어? 보고 싶었단다. 자아, 나는 학교 가야지. 너는 너의 집에 가라!"

흰둥이는 힘껏 떠밀어도, 좋은 말로 타일러도, 그 자리에서 꼼짝도 하지 않는다.

"너 그 집이 싫어? 그래도 할 수 없어, 우리는 참아야 해."

문희는 흰둥이를 비켜 교문을 향해 뛰어갔다. 흰둥이가 기를 쓰고 문희를 따라왔다.

"이거 웬 개? 김문희 혹 너희 집에서 기르던 개 아니야?

C여고 정문에 규율부 두 명이 서 있다가 문희에게 말했다.

"얘가 문희를 졸졸 따라오다니. 저도 공부가 하고 싶은가보다. 호호호."

규율부 완장을 찬 친구들이 재미있다는 듯 유쾌하게 웃었다. 흰둥이는 문희의 미세한 움직임에도 잔뜩 긴장하고 있다. 두 눈을 껌벅거리면서 예의 주시한다.

"야아! 애 좀 봐라! 교실까지 따라가겠는 걸! 수위 아저씨가 오셔야 되겠어."

학생들이 흰둥이를 구경하려고 몰려들었다.

수위 아저씨가 목줄을 가져왔다.

"컹, 컹, 컹."

흰둥이가 수위 아저씨를 보고 사납게 짖어댔다. 아저씨는 죽자사자 뻗대는 흰둥이 목에 목줄을 감고 교사 뒤편으로 끌고 갔다.

문희는 발걸음을 돌렸다. 그때였다.

"이봐! 학생! 저기 가는 학생! 나 잠깐 보자고!"

문희가 교사 건물, 청명원 연못 그 방향에 있는 교실로 접근하기 위해 뛰어가다가 한 소리를 들었다. 거칠고 날카로운 소리였다.

"왜 도망가? 도망가면 못 쫓아갈 줄 알아?"

문희가 그 자리에 멈춰 섰다.

"네 엄마 어디 있어? 바른대로 말해! 어디야?"

"저, 누구신데……?"

"몰라서 물어? 한 번쯤은 내 얼굴을 봤을 텐데, 나 상호 엄마야!"

"땡, 땡, 땡."

조회 시작을 알리는 종소리가 우렁차게 울려 퍼졌다. 운동장에 있던 학생, 청명원 연못가를 거닐던 학생, 이제 막 교문에 들어서는 학생들이 한꺼번에 교실로 들어가기 위해 소란을 피웠다.

"네가 지금 공부가 문제니? 넋 나간 계집애 같으니라고."

상호 엄마라고 자신을 밝힌 여자가 큰 소리로 말했다.

"어른끼리 한 일을 가지고 왜 저한테 이러세요?"

문희가 한 말이 그녀를 더 화나게 한 것일까. 상호 엄마가 문희의 책가방을 낚아채려고 덤벼들었다.

"내가 너 온전히 공부하게 놔둘 줄 아니? 어림도 없다. 밖으로 나가자!"

문희가 책가방을 빼기지 않으려고 안간힘을 쓰며 상호 엄마에게 끌려간다. 조금 전 흰둥이가 수위 아저씨에게 끌려가듯이.

규율부 학생이 달려왔다.

"아줌마! 여기는 학교예요! 애를 놔 주세요. 곧 수업이 시작돼요!"

"아니, 이것들이? 너희들 뭣 하는 수작들이야? 내가 왜 이러는지 몰라서 그래?"

마흔 중반의 아줌마 한 명과 여학생들의 실랑이가 한참 벌어지고 있을 때 수위 아저씨가 두 번째로 출현했다.

"아주머니! 신성한 학원에서 이러시면 안됩니다. 이거 놓으세요! 책가방을 잡고 늘어지면 이 학생 어떻게 공부합니까? 나 참, 그만한 것 아실 양반이?"

수위 아저씨가 상호 엄마 손아귀에 잡힌 문희의 책가방을 빼앗았다. 수위 아저씨는 문희에게 가방을 들려주며 얼른 교실로 들어가라고 눈짓했다.

"저런 도둑년의 새끼가 공부는 해서 뭘 해? 남에게 할 짓 못 할

짓 다 해놓고 지들만 편히 먹고 살겠다고?"

상호 엄마는 교문에 버티고 서서 한참을 더 시근덕거렸다. 아무도 상대해주는 사람이 없자 그녀는 스스로 교문 밖으로 사라져갔다. 규율부도 완장을 벗어들고 각자 교실로 들어갔다.

교정에는 일순 고요가 흘렀다. 청명원의 플라타너스 잎새 한 잎이 바람에 날려 연못 가장자리에 떨어져 내렸다. 그 자리를 중심으로 파문이 번져간다. 동그랗게 점점 넓게 멀리. 물결이 더 이상 흔들리지 않을 때는 갈바람이 저 혼자 와서 가만히 물 위에 앉아 있다 갔다.

문희는 자칭 상호 엄마라는 여자가 학교에 찾아온 게 이해되지 않았다. 상호 엄마는 방학이 끝나기를 기다렸던가. 나를 만나려고? 왜지? 내가 도둑년의 새끼라고? 대체 그 여자가 누구야?

노관수 담임선생님이 출석부를 들고 교실에 들어섰다. 담임이 출석을 불렀다. 친구들의 대답하는 목소리가 보통 때와는 비교도 안 되게 씩씩했다.

"여러분! 방학 동안 잘 지냈지요? 자아, 양팔을 벌려 옆에 있는 친구의 손을 잡고 다 같이 인사합시다! 만나서 반갑습니다, 이렇게!"

"하하하, 호호호."

반 친구들은 큰 소리로 한바탕 웃었다.

"만나서 반갑습니다! 호호호, 하하하."

소녀들은 마주 보면서 웃고, 혼자서도 하하하 호호호, 환하게 웃었다.

"오늘은 개학 첫날, 지금부터 대청소를 시작하겠습니다."

"와아!"

담임의 말에 학생들은 와아! 하고 환성을 지른다.

"운동장 청소 당번은 모두 밖으로 나가라. 먼저 풀부터 뽑는다. 유리창 당번은 교실 유리창 먼저, 그다음에 복도의 유리창을 닦는다."

"우와! 그리운 운동장!"

운동장 청소를 지명받은 학생들이 손뼉을 치며 환호했다. 교실이란 공간보다는 하늘과 구름을 맘껏 볼 수 있는 운동장이 마음에 드는 모양이었다.

"선생님 유리창 청소 너무 힘들어요, 바꿔주세요!"

환호성에 이어 불만을 호소하는 학생도 있기 마련인가.

"인마! 유리창 청소는 그늘이잖아. 너 땡볕에서 풀 뽑고 싶어? 좋아, 그럼 바꿔주지."

바꿔 달라고 요구했던, 늘 교실 앞자리에 앉는 꼬마 지순이가 고개를 움츠리고 더 말이 없다. 담임선생님은 분단 별로 교실 바닥과 복도, 화장실 등, 대청소 구역을 지정해준 다음 교무실로 돌아갔다.

문희는 운동장 당번이었다. 친구들이 싸리비를 가지러 각종 도구를 모아두는 용선실로 몰려갔다. 조회를 서고 체육 시간에 배구나 농구, 피구를 하던 교사 뒤편 측백나무 울타리 가에는 코스모스 꽃이 잡초 속에서 분홍, 하양, 진자주 등 색색으로 피어나 바람결에 한들거렸다.

방학기간 내내 한 번도 밟지 않은 운동장은 사방에 풀들이 무성했다. 개비름과 오종종한 각시풀, 제비쑥, 명아주, 망초, 시영, 댑싸리, 꿩밥, 여뀌, 뺄기, 괭이밥, 냉이, 국수댕이, 질경이, 씀바귀 등이 곳곳에 진출해 있어서 운동장은 잡초 전시회였다. 그 위로 나비와 고추잠자리, 풀무치와 따개비, 송장메뚜기가 제멋대로 활개 치고 있었다.

　"우리 운동장 청소 두 팀으로 나눠서 하자! 범위가 너무 넓어!"

　친구들은 저마다 풀이 비교적 적게 나 있는, 정구코트가 있는 교문 왼쪽 운동장으로 가겠다고 했다.

　"가위바위보로 정하자. 자아! 시작!"

　"가위바위보!"

　"가위바위보!"

　문희는 친구 3명과 함께 교문 왼쪽의 운동장 청소를 맡게 되었다. 그녀는 싸리비를 끌고 교문 쪽으로 걸어갔다. 풀은 정구코트가 있는 화단 가장자리에 듬성듬성 퍼져 있고, 그래도 교사 뒤편 큰 운동장보다는 훨씬 적었다.

　냉이며 지칭게, 씀바귀, 망초, 질경이, 댑싸리, 뺄기나 꿩밥 같은 종류는 뿌리가 질겼다. 맨손으로는 어림도 없다. 두 손으로 잡아당기면 이파리만 잡아 뜯는 결과가 된다. 호미가 필요했다.

　"호미 가지러 같이 갈 사람?"

　문희가 말하자 친구들이 다 같이 따라나섰다. 그들은 청소는 뒷전이었다.

"두 사람은 풀을 뽑고 두 사람은 풀 뽑은 자리를 싸리비로 쓸어 내고 그렇게 하자!"

이마와 볼에 닿는 햇볕이 몹시 따가웠다. 가을이라고는 해도 한 낮은 여전히 더위가 기승을 부렸다. 문희는 하늘을 올려다본다. 하 늘은 더없이 높고 맑았다. 이층 교실에서 유리창에 대고 호호 입김 을 불며 유리창을 닦고 있는 친구들이 보인다. 건강하고 밝은 모습 이다.

도둑년의 새끼라고? 내가?

문희가 머리를 좌우로 흔들며 싸리비를 들고 정구코트 앞으로 걸어갔다. 친구들은 호미로 땅을 콕콕 찍어 풀을 뿌리까지 캐내느 라 낑낑거린다. 흙을 털어 풀은 풀대로 따로 모았다. 풀 뽑은 자리 에 흙들이 어지럽게 널려 있고, 풀뿌리에 기생하던 지렁이와 땅강 아지가 바닥으로 기어 나와 꿈틀거렸다.

문희는 정구코트 앞을 다 쓸고 나서 청명원 방향으로 싸리비를 끌고 갔다.

"저 혹시 서울에서 오신……"

웬 남자였다. 문희의 싸리비가 멈춘다. 남자의 다음 말이 이어 지지 않는다. 남자가 하고 싶은 말을 다 해도 납득하기 어려울 것 같다. 문희로서는 안면이 없다.

"저어, 사법연수원……"

남자가 힌트를 주었다.

문희는 여름 방학을 서울 이모 집에서 지냈다. 이모는 남편이 병을 얻어 결혼 삼 년 만에 저세상으로 가버리자 약국을 경영하며 딸과 함께 살았다. 이모가 이른 아침 약국으로 출근하면 집엔 이종 언니뿐이었다.

이모는 문희에게 가족 누구도 만나지 말라고 당부했다.

"네 오래비들은 군대 가고 지금 너희 집에 너 말고 누가 있니?"

뜸뜸이 전해지던 아버지의 소식도 뚝 끊겼다고 했다. 그것은 C시에서도 마찬가지였지 않은가. 그렇다면 서울까지 사찰계 형사가 따라붙은 것인가? C시에서 올라간 형사인가, 서울 소속 형사인가, 그러나 문희는 이모에게 질문하지 않았다.

이모는 경희가 친정 가족의 생활을 돕고 있다고 전했다. 어머니는 병으로 누워 있고 동생들은 언니가 주선해서 야간학교에 편입했다고 하면서 문희에게 공부만 열심히 하라고 했다. 문희는 가족들을 만나볼 수 없다는 사실을 소화하기 어려웠다. 그간의 사정을 대강 짐작하는 그녀는 이모에게 더 캐어물을 수도 없다.

문희는 E대 다니는 이종 언니와 함께 고궁을 돌아본다거나 책을 읽으며 여름 방학의 대부분을 보냈다. 이모 집을 나와 8번 버스 종점 부근으로 몇 걸음 걸어 올라가면 헌책방이 나온다. 헌책방은 가장 저렴하고 편리한 방법으로 세계 명작을 비롯해서 몇 종류의 문학잡지를 최근호까지 빌려볼 수 있었다. 헌책방에는 문희가 C시의 시립도서관에서 만나보지 못한 책들도 더러 있었다.

책을 읽다가 따분하다 싶으면 문희는 가곡집을 들고 양귀비꽃이 바람결에 하늘하늘 춤추는 모습을 보며 노래를 불렀다. 마당에는 나팔꽃을 비롯하여 봉선화 백일홍 맨드라미 분꽃 채송화 국화, 접시꽃 글라지오라스 등, 각종 일년초들이 저마다 꽃을 피워냈다. 그중에서 양귀비꽃이 요염한 여자처럼 가장 화려하고 예뻤다.

달이 떠오르면 이종 언니와 함께 국립수목원 근처의 홍릉 숲길을 산책하기도 했다. 길 가운데로 얕은 개울이 구불구불 흘러갔고, 숲에서는 이따금 낭랑한 새 소리가 들려왔다.

한 걸음 한 걸음 산을 오르면서 문희는 노래 부르는 것을 빼놓지 않았다. 처음에는 나직하고 조용하게 시작했다가 어느 순간 그것은 폭포수처럼, 격정적인 하이 소프라노로 상승했다. 문희 말고도 홍릉 숲에서는 하모니카 소리며 또 다른 산책객들의 노래자랑이 이어졌다.

그 노래자랑이란 것이 흔히 시중에서 유행하는 흔해 빠진 노래가 아니라는 점이 신기했다. 대개는 '내 마음은 호수요'나 '토셀리의 세레나데' 같은 가곡이었다. 특히 '토셀리의 세레나데'는 가사도 정확했고 누구라도 바리톤 음색에 흠싹 매혹되지 않을 수 없었다. 혼자서 열창하기보다 경쟁하듯, 노랫소리가 숲속에서 쏟아져 나왔다. 문희는 그 바리톤을 따라 노래를 불렀다.

사랑의 노래 들려 온다
옛날을 말하는가 기쁜 우리 젊은 날
사랑의 노래 들려 온다
옛날을 말하는가 기쁜 우리 젊은 날

금빛 같은 달빛이 동산 위에 비치고
정답게 속삭이든 그때그때가
재미로워라 꿈결과 같이 지나가건만
내 마음에 사무친 그 일
그리워라 사랑의 노래 소리
음 음 기쁜 우리 젊은 날 아 아 아 아~

피아니스트며 작곡가인 토셀리가 17세 때 작곡한 곡으로, 마치 실연의 아픔을 노래한 것처럼 사랑의 정감이 흐르는 노래였다.

그때였다. 문희에게 한 남자가 다가왔다. 그는 형체 없는 달그림자처럼 희미하게 보였다.

"안녕하세요?"

남자가 문희에게 꾸벅 고개를 숙이고 쪽지를 내밀었다. 노래를 따라 부르던 문희와 이종 언니가 깜짝 놀랐다.

'저는 이 근처 사법연수원에 있는 정○○입니다. 노래 잘 들었습니다. 조용할 때 한 번 뵈었으면 합니다.'

급하게 휘갈겨 쓴 글씨는 겨우 알아볼 수 있을까 말까 했다. 문희는 가슴이 두근두근했다. 문희가 주위를 돌아보았다. 남자의 그림자가 문희에게 포착되는 순간 남자는 이내 숲으로 사라졌다. 숲은 달빛에 잠겨 으슥했고, 오솔길은 달빛 아래 하얗게 뻗어 있었다.

"거 봐라! 네가 노래를 너무 크게 불렀지 뭐니?"

이종 언니가 문희에게 눈을 흘겼다.

"우리 집 근처에 사법연수원이 있걸랑. 넌 몰랐지? 아마 사법고

시에 패스해서 거기에 온 사람인가보다."

집에 돌아오자 문희는 남자가 주고 간 쪽지를 다시 펼쳐보고 싶었다. 문희가 채 펼치기도 전에 이종 언니가 와락 달려들었다. 문희가 쪽지를 떨어뜨렸다. 떨어진 쪽지를 이종 언니가 집어 큰 소리로 읽었다.

"야아! 문희, 너 알아? 이건 연애하자는 거야. 널 만나고 싶다고 했잖니. 계집애. 서울 와서 신나겠네!"

그다음부터 문희를 대하는 이종 언니의 태도에 변화가 일어났다. 어디를 가든 무엇을 하든 문희를 기쁘게 해주려고 하던 것이 하루아침에 싸악! 변하고 만 것이다. 그렇다고 문희가 서울에 머무는 동안 사법연수원에 있다는 그 남자를 만나본 일은 없다. 이종 언니와의 우정 또한 그 이후 더 호전되거나 우호적으로 진보한 흔적이 전무한 채 문희의 여름 방학은 끝났다.

"이거, 우리 엄마가 문희 너에게 전해 주래!"

서울역에 배웅 나온 이종 언니는 이모의 봉투를 문희에게 주었다. 문희는 인사를 하는 둥 마는 둥, 뒤도 돌아보지 않고 뛰어갔다. 그녀의 입술에서 어떤 말도 나오지 않았다. 서울에서 가족들을 만나지 못하고 고향으로 내려가야 하는 심정이 어떤 말도 할 수 없게 만들었다.

경부선 통일호 열차는 발차 신호를 우렁차게 울리고 있었다. 곧 출발할 태세였다. 문희가 기차 안으로 가방을 들이밀고 올라섰다. 마지막으로 승차한 승객은 문희 한 사람이었다. 기차 안은 발 디딜

틈도 없이 만원이다. 바로 그 순간

"저어, 이리 앉으세요."

출입문 바로 앞 좌석에서 한 남자가 문희에게 말했다. 그는 자리에서 일어나 문희의 가방을 번쩍 들어 선반에 얹어주었다.

"네?"

문희는 남자가 내어준 창가 좌석으로 비집고 들어갔다.

"고맙습니다!"

고개 숙여 인사를 했지만 문희는 남자의 얼굴을 쳐다볼 용기가 나지 않았다. 초면에 이런 실례가 어디 있나, 문희는 남자에게 미안했다. 기차 안의 다른 승객들이 문희와 남자를 번갈아 바라보았다. 문희는 진땀이 흘렀다. 더운 날씨에다 빽빽이 들어선 승객들이 내뿜는 열기가 상당했다.

기차가 조치원역에 도착했다. 장장 5시간 만이었다. 문희가 비로소 고개를 들어 남자를 보았다. 얼핏 보아도 꽤 지적으로 보이는 남자였다. 그런데 이상했다. 어디서 본 듯, 스친 듯, 그런 느낌이 오긴 오는데 더 생각할 겨를도 없다. 문희가 자리에서 일어섰다.

"여기서 내리십니까?"

남자가 물었다.

"네! 감사했습니다. 안녕히 가세요!."

남자가 문희의 가방을 선반에서 내려주었다. 기차는 문희를 조치원역에 내려놓고 다시 달리기 시작했다. 문희는 무엇보다 이모의 편지가 궁금했다. 이모의 편지에 가족들의 반가운 소식이라도 적혀 있을까 싶어 마음이 급하다. 가방을 끌고 대합실로 들어오자 곧바로 이모의 봉투를 열어보았다. 봉투에는 편지 외에 적지 않은 현금이 들어있었다.

'문희야! 이거, 네 학비다. 이걸로 6개월은 버틸 수 있을 거야. 이모가 약국을 하고 있으니 너에게 이렇게라도 도움을 줄 수 있어. 그러니 다른 걱정 말고 너는 오로지 공부만 생각해라! 내 말 명심하기 바란다.'

가족들의 소식은 한 마디도 없다. 문희는 편지를 접어 가방에 넣었다. 그녀는 C시행 합승 택시를 타기 위해 밖으로 나갔다. 역 광장은 8월 중순의 햇볕이 이글거리고 있었다.

"이 학교에 다니시는군요."

남자가 말했다. 그는 문희의 포플린 교복 상의 왼쪽 주머니에 부착한 배지와 명찰을 유심히 보았다.

"아!"

문희가 짧게 탄성을 질렀다. 그녀의 뇌리에서 무엇인가가 상호 연결고리로 엮어지고 있었다. 홍능의 달밤과 일명 탄식의 소야곡으로도 부르는 토셀리의 소야곡, 붐비는 서울역과 경부선 통일호 열차 등등이었다. 그는 홍능산의 달그림자 바로 그 남자가 아닌가.

문희는 한 생각에 젖어 싸리비를 끌고 가다 계속 그 자리에 멈춰 있다.

"김문희 뭐해 너? 지금 청소 시간이야."

친구들이 달려오며 빨리 비질을 계속하라고 소리쳤다.

문희는 목청껏 열창하던 그 밤의 바리톤 목소리, 이종 언니와 나란히 걷던 홍릉 산길, 달빛에 가라앉은 국립수목원 숲과 시냇물. 그리고 예의 그 쪽지가 떠올랐다. 사법연수원에 있다는, 조용한 시간에 한번 만나자는. 더구나 서울역에서 자리를 양보해주어 목적지까지 편안하게 오지 않았던가. 어떻게 이런 일이 연거푸 일어날 수 있는가.

"혹 방과 후에 잠시 뵐 수 있을까요?"

문희가 머뭇거리자 남자는 여운을 남기며 교무실 방향으로 걸어갔다. 친구들은 일제히 동작을 멈추고 방금 남자의 훤칠한 키가 사라져 간 쪽으로 하염없이 시선을 던졌다.

"김문희! 너 아는 사람이니? 아까는 흰둥이에다 웬 아줌마가 따라와서 소란이더니 이젠 남자까지? 어쭈! 배지 보니까 S대던 데."

친구들이 뽑아놓은 풀 무더기를 쓸어 모으며 빈정거렸다.

"야! 김문희. 그림 괜찮던데. 언제부터 알았어?"

"누가 소개했어?"

"너 방학에 서울 간다더니 남자 만나러 간 거야?"

친구들은 이구동성으로 떠들어댔다.

"그런 거 아니야. 오늘 첨 만났어."

문희로서는 그 말이 지당하다. 달밤 그것도 숲속이었으니 얼굴을 쳐다볼 수도, 그럴 시간도 없었다. 서울역에서도 마찬가지 아닌가. 만원 열차에서 초면의 남자에게 자리를 양보받고 너무나 부끄러워 대화는 고사하고 감히 얼굴도 처들지 못했지 않은가. 그야말로 한순간에 스쳐 지나간 달그림자 형상에 불과했다. 그 달그림자가 홀연히 문희 앞에 나타날 줄 누가 알았겠는가.

개학맞이 대청소는 물 건너갔다. 친구들은 얼굴 가득 호기심을 담뿍 머금고 문희 옆으로 몰려들었다.

"땡, 땡, 땡."

청소 종료를 알리는 종소리가 들려왔다. 청소시간은 평소에 비해 배나 더 할당되었지만 운동장 청소는 지지부진이다. 아예 하지 않은 것만도 못한 꼴이 되었다. 지렁이와 땅강아지는 자취를 감췄지만, 반쯤 뽑히다 만 잡초가 당장 머리를 처들고 되살아날 것만 같았다.

문희는 급히 운동장을 쓸기 시작했다. 싸리비가 지나간 자리에 싸리비 자국이 선명하다. 그 자국만으로도 깨끗하게 정리된 느낌이 들었다. 문희의 놀란 가슴도 다소나마 진정되는 것 같았다.

"청소 도구는 제일 늦게 청소한 김문희가 가져다 놓기. 호호호. 얘들아 우리는 손 씻으러 가자."

친구들이 문희만 남겨두고 수돗가로 갔다. 싸리비와 호미가 흩어져 있고, 그 위에 초가을의 태양이 불처럼 내리쪼이고 있다. 문희는 청소 도구를 주섬주섬 챙겨 들고 용선실로 걸어갔다. 호미와 싸리비는 한 번으로는 부족해 두 번이나 용선실을 왔다 갔다 했다.

개학 첫날이라 대청소만으로 수업 없이 일찍 끝났다. 과제물 제출은 내일이라고 했다. 문희는 과제물이 든 책가방을 들고 교실을 빠져나왔다.

한자 연습 교본은 모조 양장본으로 300페이지를 넘었고, 그 무게가 만만치 않았다. 여름과 겨울방학 숙제로 한자가 빠지는 일이 없었다. C여고의 특색이라면 양반의 도시, 역사 교육 문화의 전통에 걸맞게 1학년부터 3학년까지 한자 교육을 철저하게 받은 것이라고 할 수 있었다.

한자 교육뿐 아니라 완고하고 보수적인 ○○교장 선생님은 선비 교육, 숙녀 교육도 확실하게 실행했다. 매 학기마다 한문과 국어 숙제가 청명료의 예절교육 못지않게 버거웠지만 나름대로 장점이 더 많았다. 해마다 교양과 예절을 겸비한 C여고 출신을 며느리 삼기 위해 C시 시민들이 경쟁을 벌인다는 것이다.

웃고 떠들면서 한 떼의 여학생들이 교문으로 우르르 몰려나갔다. 무엇이 그리 재미있고 신바람이 나는지, 웃을 일도 별반 없어 보이는데 입만 벙긋해도 까르르 웃음이고, 매번 배를 거머쥐고 자지러졌다.

C여고 앞은 교문을 기점으로 늘 붐비고 복잡했다. 교문에서 나오자마자 양 갈래 길이 좌우로 뻗어 있었으며, 조금만 더 가면 중앙초등학교와 교동초등학교로 가는 길, 반대편은 본정통으로 가는 길, 공보관으로 영화 보러 가는 길로 나누어졌다. C도 도청 청사도, 경찰관서도 그 근방에 있었다.

학교를 나와서 오른쪽 길로 200미터쯤 걸어가면 C시의 중심거리인 본정통에 이르고 본정통은 C여고 앞에 비해서 더 번화가에 속했다. 대형 문방구를 비롯하여 우체국, 병원, 약국, 각 은행 건물이 줄을 이었다. 본정통은 문희가 친구들과 함께 아침저녁 오가는 지정된 통학로, 지름길이었다.

문희는 친구들과 떨어져 혼자서 교문을 나왔다. 그녀의 안색이 그다지 밝아 보이지 않는다. 운동장에서 만난 남자 때문인가? 수위 아저씨에게 끌려간 흰둥이 때문인가. 문희는 목이 메었다. 흰둥이를 기를 장소만 있다면 그 지인 집에 가서 흰둥이를 도로 데려오고 싶은 마음이 간절했다.

또 한 가지 이유는 상호 엄마에 관한 것이다. 어머니와 어떤 일이 얽혀 있는지 문희는 아는 것이 없다. 어머니는 작은 오라비와 함께 가겟집에서 지냈다. 대성동 살림집에 어쩌다 들러도 어머니는 문희와 이야기를 나눌 수 없었다. 어머니는 일과 사람과 돈에 쫓기는 눈치였다. 아버지가 행방불명되고 나서 줄곧 가족의 생활을 어머니 혼자 책임져야 하는 어려움 때문인 것 같았다.

어머니가 결혼 전의 경희와 자주 소통하는 것은 알 수 있었다. 어머니는 큰딸의 일이라면 밤에 잠자다가도 일어나 달려오곤 했다. 그랬다! 어머니는 경희를 남편처럼 동지처럼 의지하고 있는 것이 아닐까 의심이 갈 정도였다.

경희는 한밤에 소리를 버럭! 지르는 고약한 병을 앓았다. 그냥 소리가 아니라 숨 막히는 비명이었다. 어머니는 자주 언니를 위해 가겟집의 옹색한 부엌에서 온갖 음식을 장만하여 머리에 이고 오곤 하였다.

경희는 어머니의 우상이었고 신앙이었던 것 같다. 그것은 문희로서는 도저히 납득이 안 되는 일이었다. 어머니의 큰딸에 대한 신앙은 날로 깊어만 갔다. 기실 신앙이라고 표현했지만 그것은 후에 생각해보니 어쩌면 어머니의 큰딸에 대한 깊은 연민 때문인지도 모른다.

문희는 중학교 과정을 졸업하고 나서야 비로소 어머니와 경희에 대하여 내놓고 말할 수 없는, 그 어떤 말 못 할 비밀이 내재되어 있음을 어렴풋하게 짐작할 수 있었다. 그러나 상호 엄마라는 여자는 짐작할 수 없는 일 중 하나에 속했다.

병의원 의사 뒤를 이어 C시에서 한다 하는 무당들이 날마다 집에 초청되어 왔다. 짐작건대 그즈음 어머니의 부름을 받고 집에 드나들던, 큰 무당이 데리고 다니던 일명 시다바리(조수)가 바로 상호 엄마였지 않았을까. 문희의 추측은 거기까지이다. 문희의 얼굴은 초췌함과 우울이 묻어났다

"문희야! 너 이제 가는 거니? 우리 집에 같이 가자!"

영자는 자기 집에 가서 찐 감자도 먹고 놀다 가라고 했다. 영자네 집은 C여고 옆 목재소 안에 있었다. 교문에서 나와 길을 건너 오른쪽으로 서른 걸음쯤 가면 바로 목재소였다. 영자네 목재소에서는 늘 큰 나무를 자르는 대형 톱 소리가 학교에서도 들렸다. 가까이 가면 갈수록 나무 향기를 뿜어내며 톱밥가루가 눈처럼 날리는 것을 볼 수 있었다.

"아, 나오시는군요! 저는 못 만나는 줄 알았습니다."

앞에서 언급한 바 있는 홍능산의 달그림자, 기차에서 문희에게 자리를 양보해준, 바로 그 남자였다.

"저는 벌써부터 여기서 기다리고 있었습니다."

그는 학교 앞의 작은 찐빵 가게를 가리켰다. 도시락을 점심시간 이전에 먹어치운 친구들이 자주 가는 곳이었다. 흙벽에 낙서도 있고 약간은 지저분한 찐빵 가게를 떠올리자 문희는 남자에게 엷게 미소를 지었다.

"문희야! 너 아는 사람이야?"

영자가 물었다.

"아! 정동민 선생님 뵈러 왔다가…… 정동민 선생님이 저의 막내 삼촌이십니다."

남자가 문희 대신 영자의 물음에 대답했다.

"어머! 얘, 문희야! 어쩐지 누구 닮았다고 생각했어."

영자의 목소리가 유난히 호들갑스럽게 들렸다.

"제가 좀 오래 기다렸습니다. 잠시 시간 좀 내어주시지요?"

영자가 가버리자 남자와 문희만 남았다.

정동민 영어선생님이 삼촌이라는, 그래서 무장해제라도 한 듯, 문희는 그 남자 정규영鄭珪永과 함께 무심천 둑길을 걸어갔다.

벚꽃 나무가 까치내까지 열 지어 서 있는 둑길은 멀리서 보면 그것은 한 경치였다. 세상에서 가장 아름답고 감미로운 둑길이었다.

"묘한 일이라고 생각되지 않습니까? 홍능산에서, 또 서울역에서 우리가 만난 것, 그리고 이렇게 C여고에 와서 문희 씨를 다시 만난 것, 이거 기연機緣 아닙니까?"

쏴~ 쏴~

갑자기 문희의 귓가에 소나기 퍼붓는 소리가 들려왔다. 문희는 빈대가 살고 있는 방이 빚쟁이보다 더 무서웠다. 집에 가기 싫었다. 그러나 가야 한다. 어서 가서 빈대를 퇴치하는 방법을 모색해야 한다.

무심천은 문희의 마음을 아는지 모르는지 무심히 흘러갔다. 조금 황토색을 띠긴 했으나 문희에게 무심천은 언제나 맑고 푸른 도나우강이었다.

달그림자

문희는 그 남자, 홍능산의 달그림자와 헤어져 본정통을 향해 빠르게 걸었다. 본정통을 걸어 내려오다 탑동으로 가는 왼쪽 길로 꺾어 들었다. 예술사진관 간판이 어느 여인의 사진을 배경으로 더 크고 선명하게 다가왔다. 문희는 불현듯 경희 언니가 보고 싶었다. 문희는 쓸쓸해지는 마음을 애써 붙잡는다.

신라여중 앞을 지나갔다. 낮에도 한적한 느낌이 드는 곳이다. 본정통과는 달리 해 질 녘에는 인적이 드물다. 문희의 발소리가 유일하게 그 골목의 현재를 확인시켜주는 셈이었다.

문희는 슬슬 배가 고파지기 시작한다. 규영과 함께 무심천 둑길을 걷는 동안 밥에 대해서, 또한 밤새 빈대에 시달리다가 아침밥도 먹지 못하고 학교에 간 사실을 까맣게 잊고 있었다.

규영은 유머가 풍부했고 실제로 그는 동서양의 역사, 종교, 문학 여러 방면으로 아는 것이 많았다. 그가 주로 말을 했고 문희는 경청했다. 그도 문희도 밥 이외의 것에 흠뻑 빠져 있었다.

대문은 열려 있었다. 대문에서 한참 떨어진 안채는 불이 환하게 켜져 있다. 문희가 돌아와 문간방의 자물쇠를 열 동안 아무도 내다보는 사람이 없다.

방안에 들어섰다. 오소소 소름이 돋는다. 전등을 켰다. 당장은 아무런 기미도 보이지 않았다. 지난밤 문희의 몸을 집중 공격하던 빈대들이 다 어디로 간 것일까?

윽!

문희가 막 교복을 벗고 집에서 입는 옷으로 갈아입을 때였다. 체크무늬 스커트에서 빈대 한 마리가 툭, 떨어졌다. 살이 통통 쪄서 잘 영근 보리똥 열매 같았다. 빈대는 재빨리 장롱 밑으로 기어들어갔다. 천신만고 끝에 옮겨 온 장롱이었다.

어머니의 장롱에 문희의 시선이 머문다. 봉황무늬가 새겨진 그 장롱을 어머니는 아침저녁 마른 수건으로 반들반들 윤이 나게 닦았다. 안방에 들어서면 제일 먼저 봉황무늬 장롱이 눈에 들어왔다. 우아하고 고급스러웠다. 그 채색이나 무늬는 엄하면서 부드러운 어머니의 정서를 닮아있었다.

봉황은 상서롭고 고귀한 뜻을 지닌 상상의 새로 기린, 거북, 용과 함께 사령四靈의 하나로 여겼다고 한다. 수컷을 봉, 암컷을 황이라 하는데 그 생김새에 대한 묘사는 문헌에 따라 다소 차이가 있다. 봉황의 문양은 건축, 공예 등에 두루 사용되었다. 대개 봉황 문양으로 꾸민 장식, 가구들은 궁중이나 양반 가문에서 더 많이 사용했다고 한다.

봉황무늬 장롱은 대성동 집에서의 마지막 날을 떠오르게 했다.

그날의 사태는 문희에게 큰 충격이었다.

"야아! 너, 똑바로 들어! 이거 갖고는 택도 없지만 이거라도 가져가야겠다."

얼굴 한 번 본 일이 없는 여인네들이 대성동 집으로 불시에 떼를 지어 쳐들어온 것이다.

문희네 대성동 집 주변에는 당산의 아름다운 자연 속에 S중·고교가 자리 잡고 있었다. C도 지사 관사가 있는, 격조 있고 풍치 좋은 동네였다. 이른 아침 텃밭에 나오면 호박꽃이 노랗게 피어 벌 나비를 부르고, 달밤이면 당산 아래 논뺨이에서 개구리 울음소리가 온 마을에 울려 퍼지는 운치 있는 곳이었다.

격조와 풍치가 그들과 무슨 상관이랴! 여자들은 다짜고짜 대문을 박차고 들어와 문희네 살림살이를 놓고 서로 다퉜다. 아버지가 사용하던 좋은 목재로 만든, 큰 책상과 의자도 문희네 살림 목록에서 제법 값을 하는 품목에 속했다. 문희는 어머니가 가게를 팔고 자취를 감췄다는 말도 그들에게서 처음 들었다.

"내놔! 이거 내가 먼저 찍었어!"

그들은 봉황무늬가 그려진 장롱을 가지고 옥신각신했다. 장롱 안은 이미 텅 비워진 상태였다.

"왜 당신만 가져가? 이건 우리가 먼저 맡아논 건데."

"당신 돈만 대단해? 내가 이 애 엄마한테 당한 게 얼만데, 저리 비켜!"

한 여자가 장롱 앞에 서서 팔을 힘껏 내 저었다.

"안 됩니다. 이건 저희 어머니가 외할머니로부터 물려받은 가보
나 마찬가지예요. 제발 이 장롱만은 그냥 두시면 좋겠어요!"

문희가 애원했다. 봉황은 예로부터 도道 가 있는 나라, 군자의
나라에 나타난다든지, 봉황이 나타나면 천하가 잘 다스려진다는
설이 있다. 아무데나 나타나는 흔한 새가 아니다. 천하가 잘 다스
려지는 때에만 모습을 드러내는 귀한 새라고 문희는 알고 있었다.
문희는 봉황무늬 장롱만은 빼앗기고 싶지 않았다. 방안에 두고 어
머니가 그리울 때 봉황무늬 장롱이라도 만져보고 싶었다.

"뭐? 물려받아? 그럼 빚도 좀 물려 받아보시지? 우리가 뭣땜에
이 난리를 치겠어? 쬐그만 게 아무것도 모르면 입이나 닥치고 있어!"

한 여자가 봉황무늬 장롱 앞에 서서 두 눈을 부릅뜨고 문희가 접
근하지 못 하도록 으르렁거렸다.

"이까짓 것 갖고 간다고 돈이 돼? 뭐가 돼? 다 소용없는 짓이야.
네 엄마가 괘씸해서 이러는 거야. 무슨 말인지 너 알아들어?"

그들은 접시, 도자기, 항아리 한 개라도 더 가져가려고 자기네끼
리 옥신각신했다. 아버지가 출장에서 돌아오면 손님을 접대하던
귀중한 그릇이 대부분이었다. 집안은 삽시간에 고물가게처럼, 아
니 폐허처럼 아수라장이 되었다. 끌려 나오다 방 가운데 엉거주춤
나앉게 된 봉황무늬 장롱과, 문희가 그나마 벅벅 우겨서 남게 된
앉은뱅이 작은 책상, 이불 한 채 등이 남았다.

한 떼의 사람들이 물러갔다. 동생들이 숨어 있다가 하나둘 모여
들었다. 앞마당의 소나무 동산과 화단이 모습을 드러냈다. 소나무

가지가 꺾여 나가고 화단의 달리아, 무궁화, 글라지오라스는 줄기와 꽃대가 무참히 부러져 있었다. 뒤란의 옹달샘도 누가 돌을 쑤셔 박았는지, 샘물이 방향을 잃고 사방으로 흘러넘치고 있었다.

일하는 언니는 어디로 간 것일까. 흰둥이는 언제부터 안 보였지? 문희는 무엇을 어떻게 해야 할지 묘안이 떠오르지 않았다. 무엇보다 사람들이 무서웠다. 이런 수모를 두 번 다시 겪을 수는 없다고 생각했다.

서둘러 자취방을 구하러 나섰다. 시온교회로 오르는 문화동, 서운동, 금천동, 탑동 일대를 샅샅이 뒤졌다. 방도 얻지 못하고 내려오다가 문화동 ○○치과 건물 뒷골목에서 겨우 방 한 칸을 얻을 수 있었다.

문희는 동생들에게 이별 통보를 했다. 동생들도 함께 살 수 없다는 것을 주지하고 있는 듯했다.

"애들아! 잘 들어. 서울 가면 어머니 말씀 잘 듣고 공부 잘해야 한다!"

"언니! 언니 혼자 무서워서 어떻게 살아?"

문숙 문주 문혜가 울먹이며 문희의 교복 소매를 잡았다. 문희는 서울 이모집 주소와 전화를 적어 문숙에게 주었다. 각자 옷가지와 책 보퉁이를 들고 앞서거니 뒤서거니 시외버스 정류장으로 갔다.

문희는 플라터너스 가로수 길을 달려 조치원역까지 동생들을 바래다주었다. 예측하지 못한 일로 갑자기 동생들과 헤어지게 된 문희는 이를 악물었다. 나는 C시를 딛고 일어서야 해! 부모님의 자존심을 살려드려야 해! 그때 일이 어제 일인 듯 문희의 망막에 어른거렸다.

문희는 큰 난리를 치르고 옮겨온 봉황무늬 장롱에서 눈을 거두고 주인아주머니에게 도움을 청하러 갔다. 우선 가루약이라도 얻어다 빈대를 퇴치해야 한다는 그 한 생각으로. 안채로 걸어가던 문희가 발길을 돌린다. 누구에게든, 무엇이 됐든 아무런 도움도 받고 싶지 않은 것이다. 잘 알지도 못하는 주인집 사람들에게 빈대 때문에 자신의 얼굴을 드러내고 싶지 않았다.

"S양! 1학년 진반 김문희 학생 교무실로 호출해!"

최점수 학생생활지도 주임교사가 S양에게 명령했다. 교실에는 동작 빠른 학생들이 하나둘 도시락을 열어 이미 김치 냄새가 풍기고 있었다. 교무실 사환이 진반 교실로 들어섰다.

"김문희 학생! 생활지도주임 최점수 선생님께서 교무실로 오라 하십니다."

S양이 김문희를 지명했다.

"너 학생 입장 불가 영화 보러 극장 갔어?"

친구들이 깜짝 놀라 문희를 쳐다본다.

"넌 뭐야? 문희가 극장에 왜 가는데?"

언제나 문희 편인 새침데기 얌전배기 미자가 나섰다.

"김문희! 도시락은 먹고 가!"

미자의 말이 신호이듯 여기저기서 도시락 뚜껑 여는 소리가 들려왔다. 문희는 못 들은 척 교실을 나가 교무실로 갔다.

"어? 자네 왔군. 잠깐,"

최점수 학생생활지도 담당교사는 젓가락으로 도시락을 긁더니, 입을 쓱 문지르고 교무실 뒤편에 있는 의자 한 개를 들고 왔다.

"우리 앉아서 이야기하자고."

뭔가 심상치 않다. 문희가 의자에 앉았다.

"너, 이거 뭔지 알아?"

최점수 주임교사가 두터워 보이는 편지봉투를 책상 서랍에서 꺼내 들더니 갑자기 목소리 톤을 높였다. 편지는 편지 같은데, 문희는 그 편지가 무엇을 의미하는지, 왜 생활지도부 주임교사에게 그 편지가 문제가 되는지 알 수가 없다.

"인마! 이거 누가 보낸 건지 알아? 몰라? 누구지? 응?"

도시락을 비운 교사들이 힐끗 문희를 쳐다본다. 문희는 단박에 주눅이 들었다.

"김문희! 의자에서 내려와 무릎꿇고 앉아! 대답하기 전에는 교실에 안 보내준다!"

최점수 주임교사가 제법 내용이 실할 것처럼 보이는 편지봉투를 손에 들고 버럭! 소리를 질렀다.

"저는, 무슨 말씀인지 잘 모르겠습니다."

문희가 기어들어 가는 목소리를 냈다. 그 시점에서 기어들어 가지 않는 목소리를 낼 자신이 누구에게 있는가. 문희에게는 없다. 최근에 일어난 모든 일들이 문희에게 불리하게 작용했다. 그놈의 빈대 사태까지.

"거짓말 마! 모르는 사람이 너에게 이걸 보냈단 말이야?"

문희는 더는 입을 열지 않는다. 꿀 먹은 벙어리다.

"선생님! 죄송하지만, 이 학생이 잘 모르는 것 같으니 설명을 해 주시는 게 어떻겠습니까?."

정동민 영어 과목 선생님이었다. 옆에서 보다 못해 한마디거든 것이 최점수 주임의 비위를 거스른 꼴이 되었다.

"너, 불량학생으로 정학당하고 싶지 않으면 똑바로 말해! 자아, 이거 누구지? 언제부터 아는 사람이야?"

"선생님!"

문희는 불량학생, 정학이라는 단어에 화들짝 놀랐다. 그러나 선생님! 그 말 한마디 외에는 더는 말이 되어 나오지 않았다. 일련의 집안 사정이 문희의 담력과 투지, 국제경쟁력을 떨어뜨리고 있었다.

바로 그때 한 떼의 여학생들이 우르르, 여름 장마에 천둥 번개처럼, 너무나 갑작스럽게 교무실로 뛰어 들어왔다. 문희의 진반 친구들이었다.

"선생님 억울합니다. 할 이야기가 있어도 그렇지요. 도시락은 먹어야 될 것 아닙니까? 김문희를 교실로 보내주세요"

그들은 동맹이나 맺은 것처럼 중구난방 큰 소리로 울부짖었다.

"김문희는 우리 C여고에 어떤 위해를 가하거나 잘못을 저지르지 않았습니다. 이런 처사야말로 교사의 월권행위입니다."

학생들의 월권행위란 말에 점심 식사 후의 휴식을 즐기던 교사들이 최점수 주임교사 옆으로 모여들었다.

"선생님! 그렇게 하시죠. 학생들 말을 참고해 주시면 좋겠습니다!"

역시나 영어 과목의 정동민 선생님이었다.

홍릉 숲의 달그림자, 그 남자의 연속적인 러브 레터로 인한 문희의 수난은 개학 이후 심각해진 양상이었으며, 오랜 세월이 흐르도록 교무실에서의 치욕적인 가을은 문희의 생애에 짙은 앙금으로 남게 되었다.

"규영아! 거기, 사법연수원에서 잘 지내는 거지? 불편한 것 없어?"

6·25 한국전쟁 와중에 어머니를, 또 그보다 먼저 폐결핵으로 아버지를 여읜 규영은 삼촌 부부의 도움을 받으며 자랐다. 다행히 규영은 학업성적이 우수하여 초등학교부터 두각을 나타냈다. 중학교 과정까지는 고향인 Y읍에서 마치고, 고등학교는 단신 상경, 서울 K고교에 들어갔다. K고교를 수석 졸업한 후에 S대 법대에 장학생으로 진학, 현재는 재학 중 사법고시에 패스하여 사법연수원에 머물고 있다.

"네. 저는 잘 지내고 있습니다."

규영의 대답은 시원스러웠다.

"그 왜, 김문희라는, 그 여학생하고 요즘도 편지 왕래하나?"

정동민 교사가 진즉부터 하고 싶은 이야기를 꺼냈다.

"제가 여러 차례 편지해도 통 답장이 없어서요. C시에 내려온 김에 한 번 만나보고 가려고요."

규영이 솔직하게 심중을 털어놓았다.

"음!"

정동민 교사가 창밖을 바라보며 큰 숨을 내쉬었다.

"그런데 이거 한 가지는 네가 알고 있어야 할 것 같아서……."

정동민 교사가 잠시 뜸을 들인다.

"저어, 김문희 학생 아버지가 그러니까, 이웃들이 여름 피난을 다 떠나고, 하필 그때 김문희 학생 집은 아버지가 서울 출장 중이었다는구나."

삼촌의 말은 장황하다. 38선이 무너지고 인민군 탱크부대가 의정부를 넘어 문산에서 서울로 속속 침투하던 그 시기를 말함인가. ○○여 년이 다 되어 가는데, 삼촌에게서 김문희의 가정사가 왜 나오나. 규영은 그 점이 의문이었다.

─25일 새벽 4시부터 8시 사이에 북괴는 38선 전역에서 불법 남침을 자행하였다. 옹진. 개성. 장단. 의정부. 동두천. 춘천. 강릉. 등 각 지구 정면에서 북괴는 거의 동시에 남침을 개시하고, 동해안에서는 상륙을 기도하였다. 국군은 전역에 걸쳐서 이들을 격파시키기 위해 긴급하고도 적절한 작전을 전개하고 있다. 그들은 동두천에서 탱크까지 동원하여 침입하였으나 우리의 대전차포에 의하여 격파되고 말았다. 국군은 반역도배들에게 단호한 응전태세를 취하고 각 지구에서 용감무쌍한 전투를 전개하고 있다. 전 국민은 군을 신뢰하고 미동함이 없이 각자의 직장을 고수하고 군 작전에

주력 협조하기 바란다—

　문희네도, 규영의 시골집에서도 마을 어른들이 둥그렇게 모여 앉아 HLKA의 방송을 들었다. 그들은 안도의 숨을 내쉬었다. 그러나 방송은 몽땅 거짓말이었다.

　27일 오후부터는 서울 시내가 혼란에 빠진다. 정부 관리들과 민간인들이 수천 명씩 수원으로의 대이동이 시작되었다. 서울은 완전 전쟁상태로 돌입했다. 서빙고 냇가는 도강하려는 인파가 인산인해를 이루었다. 허위 방송은 더 이어졌다.

　—국민들은 평온을 유지하고, 모든 사람은 길에 나가지 말 것. 정부도 아직 서울을 떠나지 않고 계속 집무 중에 있다—

　정부는 이미 수원으로 천도했다. 이승만 대통령은 27일 새벽 3시에 프란체스카 여사와 함께 경무대를 떠난 뒤였다. 많은 사람들이 2, 3일 더 기다려보자고 했지만 다음 날은 이미 늦었다. ○장군은 28일 2시 20분을 기해 한강 다리 폭파계획을 진행시키고 있었다.

　—안심하라. 북괴의 상투적인 공격이다. 막강한 우리 국군이 잘 싸우고 있다. 사흘 안에 격퇴시킬 것이다—

　당시 중학생이던 규영은 라디오 방송을 통해 당시의 상황을 명확하게 기억하고 있었다.

"삼촌! 오늘 수업 다 마치셨어요?"

규영이 화제를 다른 데로 돌린다. 정동민 교사가 묵묵히 규영을 바라본다.

"저도 대강은 알아요. 문희 친구 오빠가 저와 S대 동기거든요. 김문희네 집이 인공시절 북조선 인민공화국 인민위원회 사무실이었던 거요. 그거야 자발적 부역하곤 다르지요."

규영은 일 년에 한두 번, 방학 때나 만나는 삼촌과 이념 문제로 갑론을박 하면서 시간을 낭비하고 싶은 생각이 없다. 전쟁은 1953년 7월 27일 판문점 휴전협정 체결로 일단락되었다. 세월이 그만큼 흘러 규영도 문희도 표면상으로는 전쟁의 기억을 잊고 안정을 찾아가고 있는 중 아닌가.

"그게 그렇지가 않아요. 목숨을 내놓고 거부하지 않은 게 문제야. 거꾸로 그건 적극 협조가 된 거지."

규영은 김문희 집안에 대한 이야기를 굳이 삼촌으로부터 듣고 싶지 않았다. 모처럼 만난 자리에서 삼촌이 굳이 김문희를 거론하는 이유를 그는 이해할 수 없다.

"그거야! 그 상황에서는 어느 누가 됐든 피할 수가 없는 거 아니겠어요? 일단 방송을 믿고 갈팡질팡한 것이 문제인데, 피난을 서둘러 떠나지 않은 까닭을 살펴보면 문희네 아버지만 나무랄 일이 아니란 말입니다."

규영은 삼촌의 심중을 헤아리고도 남는다. 규영에게 아버지 역할을 해온 삼촌 입장에서는 규영이 문희와 사귀는 것에 대해서 민감해질 수밖에 없다. 규영의 집안도 이념 문제에서 결코 자유롭지 못하기 때문이었다.

규영의 큰아버지 ─ 바로 규영 아버지의 다섯 형제 중 제일 맏형이 6·25가 발발하기 직전에 월북했다는 소문이었다. 그리고 규영의 백부 맏아들이 6·25 전쟁 중에 자기 아버지의 행방을 찾아 월북하고, 세 번째는 규영의 큰형이 그들 큰아버지 부자를 찾아서 또다시 월북을 한, 매우 뒤숭숭한 집안이었다. 그리고 그들은 돌아오지 않았다. 여태도 생사가 확인되지 않고 있었다.

혹자는 정동민 교사 가족의 월북설에 대하여 말이 많았다. 자진 월북이라거니, 또 다른 사람들은 강제에 의한 납북이라고 주장했지만 그것은 본인들 외엔 누구도 진실을 알기 어려웠다.

정규영의 집안은 조상 대대로 C도 전역에 터를 잡고 살았으며, 삼국시대 이래 고려, 조선, 대한민국으로 내려오면서 높은 벼슬한 이가 많아 월북이 됐든 납북이 됐든, 어느 날 홀연히 무성한 소문도 쑥 들어가고 집안의 자손들이 아무 탈 없이 살아가고 있는 것이다.

"그걸 누가 변호해주느냐 이거지. 변호가 지금 통하는 세상이냐?"

C여고 영어 교사 정동민은 규영의 아버지 다섯 형제 중 막내였다. 정동민은 소싯적부터 시를 좋아했다. 고교 시절에는 문예지 공모에 입선하는 등, 근방뿐 아니라 중앙 시단에 이미 시인으로 문명을 떨쳤다고 했다. 그는 그러나 시인으로 살지 않았다. 평범한 직업, 평범한 삶을 선택한 것이다.

"누구든 그 환경이 되면 어쩔 수 없는 것 아닙니까?"

규영은 삼촌과의 논쟁에 아무런 흥미를 느끼지 못한다. 서양에 태어나면 대부분 기독교도가 되고, 중국에 태어나면 공자를 배우는 이치와 뭐가 다른가 말이다. 전쟁이 터지고 사흘도 못 돼 한강 다리가 끊어졌는데 어쩌라는 것인가. 그게 언제적 이야기인가. 인간이건 동식물이건 모든 생명체가 삶을 영위하는 과정에서 그 생명체를 에워싼 환경이 절대적으로 중요하다고 규영은 믿었다. 환경을 뛰어넘을 자 과연 누구인가.

"국민들에게는 피난 가지 말고 자기 자리 지키고 있으라면서 한강 다리 폭파한 것 말이냐? 사흘 안에 적을 격퇴시킨다며 호언장담한 대통령이 국민들에게 해명하는 걸 너 들어보았니, 또 그 상황에서 정부도 그럴 수밖에 없었겠지. 그게 세상일이란다."

정동민 교사의 어투는 단호했다.

─6월 28일 오전 2시 20분. 운명의 한강교 폭파 시간이 다가왔다. 다리 위는 피난민과 차로 가득 차서 U턴 할 수조차 없었다. 2시 25분. 그저 커다란 유동체처럼 북쪽 기슭과 다리 위에 사람과 차량이 떼를 지어 움직이고 있었다. 부통령 ○○○의 승용차가 통과하는가 했더니 그 뒤를 따라 차 10여 대가 흘러 지나갔다. 그러나 거기서 차의 행렬은 완전 끊겼다. 운명의 오전 2시 28분, 30분! 한강교는 폭파되었다. 인도교에 뒤이어 철교도 폭파, 폭음은 하늘과 땅을 뒤흔들었다. 피난 가던 시민들은 폭음과 함께 공중으로

휙! 휙! 날아갔다. 비명을 지를 새도 없이 수많은 몸뚱이가 갈가리 흩어져 허공으로, 또는 한강 물에 떨어지는 참사가 벌어졌다—

"삼촌! 그때 삼촌도 HLKA방송을 들으셨지요? 피난을 가야 할지 말아야 할지 우왕좌왕하게 만들지 않았습니까? 한강 다리에 이르러 강을 건너려던 사람들이 졸지에 떼죽음 당하고, 단지 사흘 동안 피난 나갔다 오면 적군을 퇴치한다는 방송만 믿고 피난을 가지 못한 죄로 남에서는 부역자로, 북에서는 악질 반동분자로 억수로 당했고요. 지금까지도 당하잖습니까? 김문희 집안의 고통이 바로 그런 겁니다."

규영의 언성이 자연 높아졌다. 규영이 자라면서 보아온 부드럽고 자상한 부상父像, 친아버지보다 더 아버지다운 호인 기질의 따뜻한 면모는 정동민 교사의 연설에서 찾아보기 어려웠다. 기실 친아버지를 규영은 제대로 기억도 못 하지만.

규영의 어머니는 집에 폭탄이 떨어지는 바람에 아궁이에 불을 지피다 파편에 맞아 돌아가셨고, 아버지는 폐결핵에 걸려 6·25가 나기 몇 해 전에 타계하신 것으로 그는 알고 있었다.

"한 번은 만나보아라. 그렇지만 김문희 학생과 계속 사귀는 것은 이 삼촌이 반대한다. 순탄한 길을 두고 일부러 진흙탕 길로 찾아가는 건 현명하지 않아."

삼촌의 진흙탕 길이란 단정은 규영에게 불편하게 들렸다. 규영은 삼촌과 더 논쟁하기를 멈추고 물러섰다. 그는 삼촌을 의논의 상대로 삼은 것이 후회스러웠다. 순전히 국비 장학생으로 미국 유학까지 다녀온 삼촌이라면 사고의 틀이 태평양보다 더 넓을 줄 알았다.

문희의 가족에 관한 것, 그녀의 부모와 언니 이야기는 C시에서 일류 배우 못지않게 압권이었다. 간첩단 대장의 애인이라는 날조된 죄명으로 투옥되어 수년 만에 정신이 들락날락하는 상태로 집에 돌아온 경희는 병명도 없는 병을 앓았다고 했다.

의사, 한약방, 침구사, 무당 등 온갖 직종에 종사하는 사람들이 문희네 집을 다녀갔다. 의사는 의사대로 현대 의료 시설에 입원시키는 방법을 권했다. 한의와 한약방은 동의보감에 수록되어있는 처방전으로 경희의 병을 고쳐보려고 백방으로 노력했다. 무당은 장고와 꽹과리를 두들기며 비명에 간 조상의 원혼을 달래기 위해 살풀이춤을 추었다. 별무효과였다. 어머니는 하는 수 없이 큰딸 경희를 원능골 해명海鳴 스님에게 데리고 가기로 결심한다.

규영은 삼촌이 문희네 집안의 그런저런 사연을 다 알고 있는 것 같다는 생각이 들었다. 그러나 더는 아무 말도 삼촌과 나누고 싶지 않았다.

아름다운 일탈

김승환 씨의 장기 부재에 이어서 경희가 결혼하자 어머니는 견딜 수 없이 마음이 허전했다. 가게를 찾아오는 손님들이 반갑지 않았다. 어머니는 결심했다.

서울로, 서울로.

어머니는 살림집 애들과 연좌제에 몰려 학교생활이 원만하지 않은 이유로 일찍 군대 간 두 아들에게는 기별 한마디 없이, 서울 가는 첫 기차를 탔다. 나중 일을 생각할 여유가 없었다. 계를 운영하면서 남보다 먼저 곗돈을 타간 사람, 아직 탈 날이 많이 남은 사람, 곗돈을 잘 안 내고 뭉그적거려 어머니가 대체해준 사람들을 어떻게든 처리하지 못한 것은 실수였다. 어머니의 빚이라는 게 대개 그런 것이었다. 어머니는 쌀 한 톨이라도 남에게 신세를 지는 성미가 아니었다. 신세를 져야 할 만큼 생활이 궁핍하지도 않았다.

"네 엄마 주소를 대! 니가 왜 몰라? 앙큼한 것!"

문희는 어머니가 C시를 떠난 후부터 학교에 가다가, 학교에서 집으로 돌아오다가 상호 엄마와 마주치기 일쑤였다. 상호 엄마 뒤에 몇몇 여자가 문희를 지켜보고 있었다.

문희는 묵묵부답이다.

"너, 입이 붙었니? 니 엄마 주소를 대란 말이야."

빈대가 사는 방은 견딜 수 있어도 상호 엄마는 방법이 없었다. 수시로 나타나 문희에게 망신을 주곤 했다.

"학생이 무슨 죄가 있어. 쯧쯧 안 되었구먼."

자식 기르는 사람이면 문희에게 아무런 죄가 없다는 것, 어떤 해결책도 제시할 수 없는 경제 미숙자라는 사실을 잘 알고 있을 터였다.

문희는 어머니가 C시에서 한다 하는 사모님들을 모아 계를 운영한 계주契主라는 사실도 알지 못했다. 문희 역시 아직은 어머니의 거처에 대해서 정확하게 잡히는 것이 없다. 왜냐하면 어머니의 도피에 대해 사전 아무런 연락도 받지 못했기 때문이었다. 문희에게 조차 알릴 수 없는 절박한 사정이 있을 거라는 상상만 할 뿐이었다.

문희는 책가방을 든 채 그 공격을 감수해야 했다. 어쩌다 아는 친구들이나 선생님을 만나기라도 하면 문희는 그때서야 상호 엄마로부터 놓여났다.

규영은 문희에 대한 것이라면 빈대 이야기만 빼고는 무엇이건 모르는 것이 없을 정도로 줄줄 꿰고 있었다. 문희가 상호 엄마와 빚쟁이 아줌마들을 피해 문화동 ○○치과 골목 셋집에서 나와 반친구 이미자의 모충동 집으로 이사했다는 이야기도 달그림자 그는 알고 있었다.

"문희야! 우리 집에 온 것 조금도 부담 갖지 말고 공부만 열심히 하자!"

이미자는 문희에게 힘을 실어주었다. 문희는 문화동 자취방이든, 미자네 집에서든, 매사가 조심스러웠다.

"미자 오빠는 서울서 하숙하니까 방학 때나 내려온다. 방학에도 공부한다면서 오지 않는 때가 더 많단다. 미자에게 여자 형제가 없는데 잘 됐지 뭐냐."

미자 엄마의 환영 인사였다. 미자 방에 문희 책상이 들어앉았다. 봉황무늬 어머니 장롱은 방을 옮기는 과정에서 상호 엄마에게 빼앗겼다. 문희가 문화동 빈대의 방에서 떠나온 것은 무엇보다 잘 된 일이었지만, 어머니의 장롱을 생각하면 속이 무진 상했다. 끝내 간수하지 못한 것이 문희 자신의 불찰인 듯해서다.

유난히 달이 밝은 밤, 댓돌 밑에서 귀뚜라미가 울었다. 문희는 미자네로 거처를 옮기고 나서 더욱 가족이 그리워 귀뚜라미처럼 울고 싶었다. 말로만 듣던 이산가족이 문희네 집이었다.

아버지는 언제까지 피신해 있어야 하는가. 휴전된 지도 꽤 오래인데. 지구상에 좌익 우익이란 단어가 사라질때 까지인가. 남한과 북한이 통일되는 그날인가.

아버지의 죄가 성립된다면 그 원인은 당시의 시운이고 6·25 한국전쟁이었다. 전쟁이 터지자마자 한강 다리가 끊겼는데 아버지가 어떻게 집에 돌아올 수 있단 말인가. 한강 다리가 폭파되던 그 밤 아비규환의 지옥을 탈출하는 방법이 그 누구에게 있었던가.

책을 펼쳐놓았으나 문희의 마음은 끝없는 미로를 헤매고 있다. 걱정들이 우수수 가을 산의 솔잎 날리듯 했다. 집중하려고 마음을 굳게 먹어도 그것은 순간에 지나지 않았다. 문희는 일찍 잠든 미자에게 이불을 덮어주고 마당으로 나왔다.

달이 밝았다. 문희는 뒤꼍으로 가서 장독대 옆에 섰다. 동서 사방이 적막했다. 달빛 속에 무심천은 도도히 흘러갔다. 밤바람이 문희의 옷자락을 스치고 지나간다.

"밤 기온이 찬데 왜 나왔니?"

미자 엄마가 다가왔다.

"들어가 자거라. 감기 들라."

문희가 방으로 들어왔다. 이불을 깔았다. 경희 언니 결혼 때 원앙금침을 만들고 남은 천으로 어머니가 꾸며준 문희의 새 이불이었다. 극성쟁이 아줌마들이 탐을 냈지만 차마 가져가진 않았다. 문희는 어머니가 보고 싶다. 몸은 좀 나으셨을까. 어머니도 나처럼 아버지가 많이 보고 싶으실 것이다.

초등학교 시절 임간학교 때 아버지가 자전거를 타고 문희에게 잠옷을 가져다주었다. 집에서 일하는 다른 사람을 시켜도 괜찮은데 아버지는 문희가 빠트리고 간 잠옷을 손수 싸 들고 학교에 오신 것이다. 아버지는 지금 어느 하늘 아래 계시는가. 몸은 건강하신가. 군대 간 오라비들은 잘 있는가. 조치원역에서 헤어진 동생들도 보고 싶었다. 각자의 역할에서 잘 견디고 있겠지.

달빛이 너른 마당을 환하게 비추었다. 문희가 누운 방에도 등불을 밝힌 듯 달빛이 창호지에 스며들었다.

문희는 우여곡절을 겪으며 어느덧 C여고 3학년이 되었다. 이모의 도움을 받으면서 비록 친구의 집이었지만 문희는 학교를 중단하지 않고 다닐 수 있었다.

3학년 첫 학기가 시작되고 얼마 되지 않은 때였다.

"김문희 학생! 최점수 생활지도부 주임 선생님께서 부르십니다."

교무실 사환 S양이 교실로 들어섰다. 그녀가 문희를 지명했다.

"야아! 김문희! 생뚱맞게 왜 또 그래? 생참외(최점수 교사의 별명) 주임한테 걸리지 말고 잘 좀 해보라니까!"

친구들은 생참외란 단어에 악센트를 주어 발음했다. 여름이 다가고 김장 채소를 심기 위해 참외 넝쿨을 거둘 때 채 익지 않은, 색깔이 노랗지도 파랗지도 않고 크기가 오종종하고 작은, 설익은 생참외였다. 흔히 그것들은 장아찌를 담거나 대부분 버리거나 했다. 생물 과목을 가르치는 최점수 교사에게 생참외란 별명은 누가 지어준 것인지 모르지만 별로 좋은 느낌은 아니었다.

고 3이 되자 교실 분위기는 점점 긴장감이 감돌았다. 웃고 떠들고 노래를 실실 부르는 종전의 자유분방한 습관들이 눈에 보이게 줄어버린 경향 때문이었다. 줄어든 것이 아니라 전격적으로 변화했다. 대학입시의 불똥이 발등에 떨어진 것이다.

이과 반은 일주일 내내 야간수업을 단행했고, 문희네 문과 반도 과목별 과외수업을 했다. 물론 강제는 아니었다. 원하지 않으면 일

찍 귀가할 수도 있었다. 그러나 전년도 C여고의 대학 진학률 88%
는 개교 이래 상당한 진전이었다. 거의 다 대학에 진학한다고 보아
도 무리가 아니었다.

문희는 읽던 책을 덮고 교실을 나왔다. 그녀는 교무실 사환이 방
금 사라진 복도를 바라본다. 교무실은 특별한 볼 일 아니면 학생들
누구나 가고 싶지 않은 곳이다. 부자유를 느낀다. 과목 선생님들을
마주치게 되는 곳이다. 거북하다. 그 과목에 소질이 있건 없건 그
랬다. 문희는 어머니가 C시를 떠나자 등록금 미납으로 한동안 교
무실 청소를 해봐서 잘 알고 있다. 담임선생님도 교실에서 만날 때
와 교무실을 청소할 때와 그 느낌에 차이가 난다는 것을.

문희는 계단을 내려갔다. 계단을 내려와서 오른쪽으로 돌면 두
번째가 교무실이었다. 교무실 문은 겨울철만 빼고는 항상 열려 있
다. 최점수 주임교사의 책상은 창가에 있었다.

"어, 왔어?"

문희가 다소곳 고개를 숙인다.

"김문희 그리 안 보았는데, 이게 또 뭐지? 계속 학교로 이런 거
오게 해야 되겠어?"

두툼한 편지봉투였다.

이런 거? 그게 어쨌다는 건데? 문희의 내면에서 강한 반발이 일
었다.

교무실엔 몇몇 교사가 남아 있다. 담임은 보이지 않는다. 노관
수 담임선생님은 자기 반 학생이 생활지도부 교사에게 호출당하는

것을 좋아할 리가 없을 것이다.

"너 이런 거 다시 내 눈에 띄면 그때 가선 각오해라. 더 이상 안 봐준다!"

최점수 주임교사가 문희에게 큰소리로 일갈했다.

"방과 후에 반성문 써가지고 나한테 온다! 알았나?"

그가 편지를 책상에 휙! 내던졌다.

"자! 가봐!"

문희는 주임교사의 책상에서 규영의 편지를 집어 들고 교실로 돌아왔다. 교실에 돌아온 문희는 책상 위에 편지를 탁! 하고 내려놓았다. 하긴 문희의 주소가 오락가락하니까 규영은 문희가 안전하게 받아볼 수 있도록 학교로 편지를 보낸 것인지도 모른다. 아마도 그럴 것이다.

"야! 김문희 뭔데 그러니?"

맨 뒤에 앉은 순자가 가까이 다가왔다. 다른 친구들도 책상을 타넘어 문희 자리로 모여들었다.

"내가 해결해 줄게! 어떤 위인이 이딴 걸 자꾸 보내서 우리의 모범생 친구 김문희를 괴롭히느냐 이거지?"

"그래, 얼른 뜯어 봐라! 설마 생참외가 읽어 본 건 아닐까?"

"생참외가 혹 질투하는 건 아닐까?"

"아니긴, 열불이 나는 게 내 눈에도 훤히 보이는걸."

여학생들의 험구가 짓궂다.

"우후후. 연애편지 개봉 박두! 낄낄낄."

순자는 편지를 들고 서서 너스레를 조금 더 떤다.

"야! 순자 너, 김문희한테 허락받았어? 잘못하다간 통신법에 걸린다, 히히히."

"오! 그래? 김문희 괜찮지? 내가 개봉할게? 음?"

문희의 얼굴엔 표정이 없다. 이모가 어머니를 만나지 못 하게 하는 수수께끼가 풀리지 않아서다. 올해는 서울에 갈 수도 없다. 문희는 외딴 섬에 고립된 기분이다. 쓸쓸했다. 경희 언니도 이제 한 치 건너 두 치로 출가외인이 되었다. 쉽게 만날 수도 없다. 믿음직한 형부가 생겼으니 차라리 든든한가.

답장도 안 했는데 자꾸 학교로 편지를 보내는 이유는 뭐지? 사법연수원이면 다야? 문희는 순자가 편지를 가지고 장난을 치든 말든 가만히 두고 본다.

"자아! 얘얘들아! 너희들 잘 들어!"

순자가 책상 위에 올라서서 에! 흠! 하면서 목소리를 가다듬는다.

"희 씨에게"

순자가 편지의 첫 줄을 읽었다.

"와우! 감이 좋다야! 희 씨? 김문희가 희 씨구나 <u>흐흐흐</u>."

"키득! 키득!"

"꺅!"

"나는 그리운 문희 씨가 더 좋은데 히히히."

"보고 싶은 그대여는 어때?"

"야! 니들은 좀 가만히 있어! 남은 심각한데 왜들 그래? 이 사람

이거 문장력 끝내준다."

순자는 큰소리로 편지를 술술 읽어갔다.

담임이 교실에 들어와 흑판 앞에 서서 학생들을 바라보고 있다. 학생들은 책상에 올라앉거나, 서 있거나 겹쳐져서 문희의 책상을 완전 포위하고 있다. 담임이 교실에 들어온 줄 아무도 모른다. 다음 수업은 노관수 담임선생님의 화학 시간이었다.

"차렷!"

"경례!"

반장의 구령 소리가 울려 퍼졌다.

우당탕탕!

친구들이 자기 자리를 찾아 앉느라고 한동안 소란이 일어난다. 순자가 편지를 땅바닥에 떨어뜨린다. 담임이 허리를 굽혀 그 편지를 줍는다.

"이거 누구 거냐? 나와서 가져가라!"

노관수 담임은 신사였다. 꼬치꼬치 캐묻는 건 언제나 잘난 최점수 생활지도 주임 교사 몫이었다. 학생들을 지도한다는 명분이지만 누가 보아도 도가 살짝 지나친 감이 없지 않았다. 문희가 담임 앞으로 나가서 편지를 받아오는 것으로 화학 시간은 시작되었다.

문희는 불현듯 정규영이 그리웠다. 그에게 미안하다. 그녀는 규영의 편지를 가슴에 품었다. 마음이 따스해진다. 그의 편지가 순자의 손에서 교실 바닥에 떨어지고 나서 감정에 변화가 온 것인가.

문희는 화학 교과서를 펼쳐놓고 엉뚱한 생각만 거듭하고 있다.

산만하다. 화학 기호와 공식은 산만을 부추긴다. 가족과의 단절은 때때로 그녀를 휘청거리게 한다. 담임이 흑판에 판서하고 있다. 그 틈을 타서 조용히 교실 문을 열고 복도로 나왔다.

교문을 벗어났다. 무작정 시립도서관으로 갔다. 아버지의 심부름으로 몇 번 다녀봐서 낯설지 않은 곳이다. 본정통을 쭉 걸어 나오다가 초등 동창 재신이 엄마가 운영하는 베카리 빵집 골목으로 틀면 곧 중앙공원이다. 그 근처에 C시의 시립도서관이 붙어 있다. 공간이 협소하고 약간 어둑한 도서관 입구가 문희에게 안정감을 주었다.

도서관 문을 밀고 안으로 들어섰다. 서늘한 공기가 훅! 문희의 전신으로 밀려왔다. 책을 보관하는데 적당한 온도라는 게 있는 모양인가. 겨울철에 와도, 여름에 와도 시립도서관의 동일한 한기, 냉기를 감지한다. 그리고 또 한 사람, 풋 오이 가시 닮은 여드름을 그 새까만 얼굴에 덕지덕지 달고 있는 소년의 영접이 그랬다. 그 소년 또한 한기였다. 그의 후줄근한 교복에서 공업고등학교 배지를 본 것 같기는 하다. 얼굴은 잔뜩 나이를 먹어 보이는데 키는 문희보다 작았다.

"어떤 책을 찾으시는지?"

시립도서관 소년이 물었다.

"뭐든 읽을 만한 책을 한 권 골라 주세요!"

책을 읽으려고 온 것인가. 솔직하게 말한다면 아니다. 화학 시간이, 아니 어떤 과목이라도 문희는 버겁다. 소설책? 것도 마찬가지 아닌가.

사서인지 시간제 아르바이트 학생인지 알 수 없는 그 소년도 자신이 읽을 책을 고르는 중인지 모르지만 문희는 입에서 나오는 대로 말했다. 소년이 잠시 시야 밖으로 사라졌다. 문희는 도서관 서가를 여기저기 돌아보고 있다.

"여기, 이건 어떠세요?"

여드름 투성이 소년이 한 권의 책을 문희 앞에 내밀었다.

앙드레 지이드의 『좁은 문』이었다.

"네, 좋아요."

『좁은 문』은 경희가 서대문의 붉은 벽돌집에서 가지고 나온 많은 책 중에서 문희가 제일 먼저 읽은 책이었다. 문희는 그 스토리를 대강 기억하고 있다.

'1909년에 발표한 프랑스의 노벨문학상 수상자 앙드레 지이드의 작품 『좁은 문』은 사촌 형제인 제롬과 알리사의 순수하고 아름다운 사랑이야기다. 의사였던 아버지가 죽자 제롬의 어머니는 제롬의 교육을 위해 르아브르에서 파리로 이사한다. 파리에서 오래 있지 못하고 다시 외삼촌이 살고 있는 퐁그즈마을로 이사하는데 그곳에서 제롬은 나이가 2살 많은 외삼촌의 맏딸 알리사를 사랑하게 된다.

알리사는 육체적이고 현실적인 사랑보다는 종교적이고 순수한 청교도적인 사랑을 꿈꾼다. 알리사는 엄마가 젊은 중위와 바람이 나서 집을 떠나자 남녀 간의 사랑에 대한 잘못된 견해를 갖게 되었던 것일까. 알리사는 제롬보다 나이가 많은 이유. 또 동생 줄리엣도 제롬을 좋아한다는 것, 아버지를 혼자 둘 수 없다는 핑계로 제롬의 구애를 거부한다. 알리사는 제롬을 향한 깊은 그리움과 사랑을 홀로 삭인다.

제롬은 알리사에게 더 가까이 가려고 하지만 번번이 실패, 제롬 역시 알리사와 같은 좁은 문을 통해 더 완전한 사랑을 성취하고자 한다. 알리사는 사랑의 마음을 적은 일기와 편지를 남기고 집을 떠난다. 알리사는 파리의 요양원에서 숨을 거두며 이렇게 말한다.

사랑하는 제롬! 나는 여전히 너를 사랑하고 있다. 하지만 이제부터는 네게 그런 말을 하지 못할 거다. 너와 헤어진다는 게 내게는 해방이며 또 쓰디쓴 만족이다. 제롬은 알리사의 환영에 붙들려 독신으로 살아간다.'

죽도록 그리워만 하다가 혼자 살다니, 혼자 살다가 슬프게 죽어가다니, 문희는 그 책을 읽을 때의 답답함이 되살아났다. 그리움이 극에 달하면 열화처럼 분출되는 게 사랑의 속성이 아닐까. 문희는 되는대로 대출 카드를 적어 낸 다음 책을 들고 도서관을 나왔다.

시립도서관에서 나온 그녀는 갈 곳이 없다. C시에서 그녀가 찾아갈 곳도, 아는 친지도 별로 없다. 아버지는 3대 독자였다. 3대 독자일 뿐 아니라 아버지는 6·25 한국전쟁 이후 C시에서 철저히 버림받은 몸이었다. 아무 이념도 갖지 않은 아버지는 이념에 쫓겨 도망 다니는 신세였다. 엄청난 아이러니였다.

간혹 등굣길에서 아버지 친구를 만난다고 해도 그들은 문희를 못 본 척 지나쳤다. 그들에게 무엇을 요구하거나 하소연하는 것도 아닌데 친분 있는 이들이 더 빨리 변심했다.

그녀는 중앙공원으로 갔다. 직업 사진사들이 거대한 은행나무 밑에 사진틀을 진열하고 손님을 기다리고 있었다. 그 사진틀에는 가족, 학생, 결혼식, 아기 돌사진이 빼꼭하게 끼워져 있었다.

"사진 찍으실까요?"

고물 사진기를 들이대며 나이 든 사진사가 말했다. 중앙공원도 싫다.

키도 둥치도 엄청나게 큰 중앙공원의 은행나무는 고려시대 청주목의 객사문客舍門 앞에 있었던 나무 가운데 유일하게 남은 것으로, 길이가 약 20M, 둘레는 8.6M, 수령 900년 이상이라 한다. 고려 공양왕 2년(1390) 5월에 역성혁명을 일으킨 이성계의 반대파 이색. 권근. 변안렬 장군 등 10여 명이 청주옥에 갇히게 되었다. 그때 청주 지역에 큰 홍수가 나서 이들이 모두 물에 빠져 죽게 되었는데 은행나무에 올라가 죽음을 면했다는 기록이 전해지고 있다. 고려 충신들을 살려준 고마운 은행나무였다. 나뭇잎 혹은 그 뿌리 모양이 오리발 모양에 가깝다고 하여 압각수로도 부르는 거대한 은행나무 그늘에는 할 일 없는 노인들과 사진사가 대부분이었다.

그녀는 중앙공원을 나와 C시의 명동이라 할 수 있는 본정통으로 들어왔다. 묵묵히 걸었다. 뉘 집 고양이가 지나가는지, 딸 부잣집 김승환 씨 둘째 딸이 학교 수업을 까먹고 도심지를 어슬렁거리는지, 거리의 양쪽 건물에서 훤히 내다보일 만큼 한산했다. C시는 예로부터 양반과 선비의 고장으로 한산과 고요가 특징이었던가. 문희는 그 고요와 한산이 견디기 어려웠다. C여고 방향으로 방향을 돌린다. 흰둥이를 만났던 지점에 이르러 잠시 걸음을 멈춘다.

흰둥이는 잘 지내고 있을까. 혹 잘못된 건 아닐까. 흰둥이는 새집, 새 주인과 잘 사귀지 못한 것인가. 개학 첫날 문희를 찾아 C여고로 쇠익, 쇠익, 기를 쓰고 달려온 흰둥이. 정든 둥지를 잃은 동물과 사람 이야기가 그녀의 두뇌를 자극한다.

상호 엄마는 이제 느긋하신가. 어머니의 보물, 봉황무늬 장롱을 강제로 빼앗아가고 다시는 나타나지 않는 선무당 상호 엄마.

문희는 C여고 앞에서 발걸음을 주춤거리는가 싶더니 교문을 그대로 통과한다. 수업은 관심 밖이다. 수동초등학교를 지나갔다. 우암산으로 올라가는 외길로 접어들었다. 산삐알에 학교 앞과는 다르게 게딱지같이 엉성한 집들이 다닥다닥 붙어 있다. 어디선가 사바세계에 찌든 사람들이 유령처럼 불쑥 튀어나올 것 같았다.

한 집에서 픽! 하고 쪽문이 열리면서 한 아주머니가 쭈그러진 양푼을 들고 밖으로 나오는 것이 보인다. 산등성이에 심어놓은 채소라도 뜯으러 가는가. 쭈그러진 양푼을 든 아주머니가 흠칫 놀란다. 웬 교복을 단정하게 입은 여학생인가 싶은 표정이다. 문희는 모른 척 내쳐 올라갔다.

산 중턱에 성당이 있다. 성당 주위는 소나무 숲이 잡목들과 어울려 제법 으슥했다. 그녀는 무작정 걸어 들어갔다. 현관에 들어서도 사람 기척이 없다. 성모상 앞으로 가까이 다가갔다. 걸음을 멈추고 잠시 묵상한다.

적막한 분위기에 압도당한 듯, 까치발을 들고 조심조심 강대상 앞으로 나아갔다. 문희가 성당 안에 들어온지 한참 지났으나 아무도 나오는 이가 없다. 그녀는 성모마리아 상을 바라보며 의자에 앉았다. 감촉이 서늘하다.

> 아베마리아
> 성모여 은총이 가득한 복된 이여
> 여자들 중 오직 당신 홀로 예수의 어머니 된 이여
> 방황하는 이내 마음 조용히 잠들게 하옵소서
> 성모여 돌보아 주옵소서
> 살아있는 지금 이날도, 또 죽는 그 순간에도
> 아베마리아

구노의 아베마리아를 읊조렸다. 가사와 음률이 문희의 심경을 안온하게 품어주는 듯하다. 되풀이해서 구노의 아베마리아를 불렀다. 외롭고 어지러운 마음, 규영에 대한 신열 같은 그리움이 잔잔히 가라앉는 것 같았다.

'찰스 프란치스꼬 구노(1818~1893)는 19세기의 음악가로 그는 어렸을 때부터 음악 신동이라고 불리었다. 파리 외방 선교회에서 운영하는 학교에 다녔는데 그 학급에는 구노 말고도 귀재가 또 한 명 있었다. 두 사람은 쉽게 친구가 되었고 선의의 경쟁자도 되었다. 구노는 음대로 입학했고 친구는 음대가 아닌 신학대학에 입학했다.

구노는 대학에 들어간 뒤로는 졸업할 때까지 한 번도 친구를 만나지 못한다. 친구를 그리는 것이 구노의 일과였다. 친구는 신학대학을 졸업하고 외방 선교 사제로 발령을 받아 당시 가톨릭의 수난지인 중국으로 떠난다. 교회에 가면 게시판에 붉은 글씨로 '순교자 누구, 중국의 어디에서~' 하는 알림을 볼 때마다 제발 내 친구만은 무사히 임무를 마치고 돌아오기를 기도했다. 그러던 어느 날, 구노는 그가 조선 대목구 주교가 되어 가톨릭 사제에겐 역시 중국과 마찬가지로 죽음의 땅으로 알려진 조선으로 떠났다는 소식을 듣게 된다. 구노는 그날부터 한시도 빠지지 않고 그의 삶을 위해, 그의 사제로서의 사명과 또한 새로운 음악의 세계를 위해 그를 죽음의 문턱에서 구해달라고 기도했다.

1839년 어느 주일날이었다. 갑자기 들려온 요란한 교회 종소리에 구노는 왠지 가슴을 옥죄는 듯한 통증을 느꼈다. 황급히 교회에 달려갔다. 아! 세상에 이럴 수가! 음악의 귀재이던 친구의 순교 소식이 전해졌다. 구노는 하루 종일 울며 성모송聖母頌 Ave Maria를 외우다가 그 기도문에 곡을 붙여 우리가 잘 아는 구노의 아베마리아를 작곡하게 되었다'고 전한다.

당시 조선에서 선교 활동을 하다가 순국한 애절한 사연처럼 곡도 장중하고 구슬프게 들렸다. 문희가 학교 수업을 팽개치고 아무도 없는 성당에 홀로 들어가 하 많은 노래 중에서 유독 구노의 아베마리아를 연속해서 부른 것은 놀라운 일이었다. 한국을 너무나 사랑해 한국명 러우렌시오(范世亨)으로 개명한 앵베르 주교님을 생각하며 그녀는 자신의 상처받은 영혼을 치유 받고 싶어서였을까.

노래는 좋은 것이지. 노래는 부르면 부를수록 슬픔이 스러지고 기쁨이 살아나는 거야. 그녀는 자신을 위무하듯 구노의 아베마리아를 꾸준히 허밍했다. 한참 동안 그 자리에 앉아 있다. 편안하다. 성전 안에 들어오는 사람은 아무도 없다. 아무도 없는 게 차라리 위로였다.

밤비가 쏟아지고 있다. 빗소리가 온 세상을 삼킬 듯 그 기세가 대단하다. 가을밤에 내리는 비. 무서움마저 들게 하는 거친 빗소리. 문희는 영어 숙제를 하다 말고 방문을 연다. 툇마루에 내려서니 빗소리가 더욱 크게 울린다. 무심천이 큰 강이 되어 콰랑! 콰랑! 천지를 뒤집을 듯 요란한 소리를 내뿜으며 흘러간다.

"밤새 뭔 일이 일어날까 무섭네!"

미자 엄마가 대청마루를 서성인다. 미자 아버지가 안 들어오신 걸까. 문화동 자취방에서 모충동 미자네로 짐을 옮겨 오던 저녁에 문희는 미자 아버지를 잠깐 만났다.

"김문희라고 했나? 살다 보면 이런 일 저런 일 다 겪는 거란다.

너희들은 그저 공부만 하면 된다. 알았지?"

미자 아버지는 미더운 후원자요 자상한 카운슬러였다. 미자네 가족의 사랑과 관심은 문희에게 이심전심으로 통했다.

"문희 아직 안 잤니?"

미자 엄마가 사랑채 툇마루로 건너왔다.

"비 맞는다 어서 자거라."

문희가 방으로 들어온다.

'쯧쯧, 저 애가 얼마나 집이 그리울까'

미자 엄마는 문희의 말 수 없고 조용한 성품이 늘 마음에 걸렸다. 문희 어머니의 계 사단은 미자 엄마도 이웃에게 들었다. 문희 어머니가 고의로 계를 깬 것이 아니라는 것도 알고 있었다.

6·25 한국전쟁 이후 급속도로 망가지기 시작한 인간관계는 문희 아버지의 행방불명으로 더 무성한 소문을 키웠다. 더 나쁘게 부풀려서 아예 몹쓸 사람으로 단죄를 내리고 있었다. 고약하고 비정한 처사였다. 하루아침에 인심이 수심이 되고, 한때의 변심을 넘어 적대 관계로까지 변질되고 말았다.

들기로는 곗돈을 먼저 타간 사람들, 곗돈을 제때 내지 않아 문희 엄마가 대신 입체 해준 사람들까지 문희네 대성동 집으로 우우 몰려가서 대문을 발로 차고 들어가 살림살이를 샅샅이 뒤져 뭐든 되는대로 집어 들고 왔다고 자랑처럼 떠벌렸다. 상호 엄마도 곗돈을 제대로 내지 않았다는 소문이었다. 도둑이 따로 없었다. 그 일을 혼자 겪어낸 문희가 미자 엄마는 가여웠다.

"그 뭣이요. 여우 목도리! 거참 좋드만요. 세상에 장롱을 풀어 놓으면 포목점을 열어도 되겠더라고요. 그 집에는 없는 것이 없어요."

전쟁을 겪었는데 그 물건들이 고스란히 남았더란 말인가. 미자 엄마는 반신반의했다. 여우 목도리면 뭘 하며, 명주와 비단 필이 아무리 많은들 잘못 지워진 부역자의 낙인을 지울 수는 없을 것 아닌가.

밤이 깊어갈수록 비는 더욱 기승을 부리면서 좌르륵, 좌르륵, 건너편 집 함석지붕을 때렸다. 언니는 잘살고 있겠지. 동생들은 학교에 잘 적응하고 있을까. 군대에 간 큰 오라비 문수와, 작은 오라비 문철 생각. 문희는 그리움을 품고 소르르 꿈나라로 향한다.

반 친구들은 자기 특기대로, 집에서 권하는 대로, C시에 소재하는 대학에, 혹은 서울의 유명 대학에 지원서를 쓰고 있는 실정이다. 쉽게 결정을 내리지 못하는 것은 문희 혼자뿐인 것 같다.

규영에게서 미자네 집 주소로 편지가 도착했다. 여전히 두툼한 장문이었다. 문희는 때가 때인 만큼 그의 편지가 반가웠다. 그러나 이번엔 달랐다. 그의 진지하고 박식한 편지가 부담스러웠다. 편지를 통해 전해지는 그의 마음이 문희와는 현저하게 차이가 났기 때문이다. 그 차이는 부모 없이 전통적이고 봉건적인 가부장제하에서 성장한 그의 경직된 사유체계였을까.

'나는 여자들이 대학에 진학하는 것 적극 반대하는 입장입니다. 여자가 뭣 때문에 고운 얼굴 늙히면서 그 힘든 공부를 하겠다는 겁니까. 남자들이야 가정과 가족을 책임져야 하고, 국가 사회를 위해 일해야 하지만 여성들은 입장이 다릅니다.'

과연 그럴까. 규영은 여자들의 대학 진학, 대학 공부를 적극 반대한다는 것이다. 그의 문맥은 자기주장이 확고하고 완강해서 반론을 제기할 수조차 없게 만들었다. 단순한 러브 레터가 아니라 일종의 세뇌에 속했다. 편지에 흐르는 전반적인 논조는 법정에서 판결문을 읽는 것처럼 냉엄했다. 거의 지시나 주입으로 일관, 그의 편지가 문희의 아름다운 일탈을 멈추게 하기는커녕 오히려 부추기는 모양새였다.

'연수원에서 나와 발령받으면 우리 곧바로 결혼합시다.'

그는 문희와 가정을 이루어 행복하게 살고 싶다고 말했다. 후우! 결혼한다고, 내가? 내가 결혼을?

문희는 열여덟 살, 고3 학생 신분이었다. 규영의 지적인 인상에 끌려 맹목의 그리움을 혼자 앓던 문희였다. 외롭고 그리운 감정에 겨워 수업을 제치고 가끔 C시 시립도서관으로, 중앙공원으로, 우암산의 성당으로 올라가지 않았던가.

최초로 그를 만났을 때 자연스럽게 끌려가던 마음이 편지 횟수가 증가함에 따라서 차츰 증발하고 있었다. 결혼이 아니라 문희는 지금 대학 진학을, 인생 자체를 고민하고 있다.

서울로? 아니면 C시에서? 작다면 작은, 크다면 큰 진학문제도 가족을 떠나 있는 그녀는 쉽게 결정하지 못하고 전전긍긍하고 있지 않은가.

지원군

경희가 홀연히 C시에 내려왔다.

출산 후 오랜만에 움직인 것이다. 그녀는 북문로에 있는 시댁에 먼저 들린 다음 C여고를 방문했다. 그 시절 유행하던 공단 양단 호박단이라나, 값비싼 중국 비단옷을 색색으로 떨쳐입고 마치 신라시대 ○○여왕처럼 C여고 교정에 나타났다.

"와아! 김문희 언니, 엄청 예쁘다! 영화배우냐?"

"전국미인선발대회 C도 대표였대!"

"히야! 멋지다!"

문희의 진반 친구들이 교실 창문 밖으로 머리를 내밀고 환호성을 질렀다.

"휘익! 휘익!"

남학생처럼 휘파람을 유쾌하게 부는 친구들도 있었다.

경희는 2층에 있는 문희의 교실에 들렀다. 한순간에 문희 반 친구들이 우르르 다가와 에워싸자 경희는 문희 손을 이끌고 복도로 나왔다.

"문희야! 너 진학문제 때문에 내려왔어. 네가 생각해 둔 학교가 있니?"

문희는 망설였다. 평소에 진학에 관해서 주의 깊게 생각해 본 일이 없다. 그럴 여유도 없었다.

"잘 생각해봐 어느 대학으로 가는 게 좋은지?"

"음! 나는 여학생을 우대하고 장학금 주는 학교에 입학하고 싶어요."

문희가 조심스럽게 자신의 의사를 말했다. 이모든, 언니에게든 더는 신세 지고 싶지 않았다. 기왕이면 장학금 혜택을 받으면서 마음 편하게 대학 생활을 영위하려는 생각이었다. 소문으로는 S대학이 여학생에게 좋은 조건이 주어진다고 했다.

"S대 말이구나. 남녀공학은 경쟁률이 세지 않겠니? 그럼 과는?"

"과는 국문과가 좋겠어요."

경희는 예상외로 문희의 희망 사항이 너무나 간단명료해서 어안이 벙벙했다.

문희와 헤어져 그녀는 교무실로 내려갔다. 계단을 내려와 잠시 멈추어 섰다. 주변을 둘러본다. 전쟁이 나기 전 다닌 학교였지만 몹시 낯설었다. 경희 그녀가 선 그 앞에 교무실 표식이 보였다.

문희의 담임은 마침 수업이 없는 몇몇 교사들과 교무실에 남아 있다가 한복차림의 미녀가 다가오자 자신도 모르게 자리에서 벌떡 일어섰다.

"첨 뵙겠습니다. 김문희 언니입니다."

경희가 교무실에 들어서며 사뿐히 인사를 올렸다.

"아, 안녕하세요? 김문희 담임 노관수입니다."

노관수 담임선생님은 교장실로 경희를 안내했다. 마침 교장 선생님은 도 학무국에 출타 중이라고 했다.

"이리 앉으시지요. 아마도 문희 언니께서도 우리 학교 출신이시지요?"

노관수 담임은 김문희 언니의 얼굴을 마주 바라보자 심장이 얼어붙는 것 같았다. 천상에서 선녀가 하강했나 싶을 정도였다. 화사하고 밝은 빛이 교장실을 가득 채우는 것 같았다.

"네! 저도 C여고를 다녔습니다."

과연 듣던 대로구나!

"늦게 찾아뵈어서 죄송합니다. 우리 동생 김문희, 공부 잘하고 있겠지요?"

경희의 연두와 분홍 계열의 양단 치마저고리 위에 은은한 옥빛 두루마기 차림이 매혹적이었다. 방금 혼례식장에서 시댁 어른에게 폐백을 드리고 나온 새색시처럼 눈부셨다.

"아, 네 그렇습니다. 김문희 학생은 본래 모범생이지요."

노관수 담임은 김문희가 수업 중에 종종 교실 밖으로 나간 사실을 알고 있었다. 담임이 왜 그 사실을 모르겠는가. 최점수 생활지도 주임에게 여러 차례 호출당하는 것도 그는 알고 있었다.

그는 너그럽게 생각했다. 문희 언니에게 이도 저도 말하지 않기로 맘먹는다. 학교 공부가 전부는 아니다. 문희 또래에게 남학생 연애편지 건도 있을 수 있는 일. 다만 그 건은 최점수 학생생활 지도 교사의 권한이었으므로 담임으로서도 참견하기가 애매했다. 그는 특수한 교육 철학, 선진의식을 소유한 열린 교육자였다.

"김문희 진학에 대해서, 이렇게 일부러 오셨으니까. 다른 학생들은 이미 대입 원서를 쓰기 시작했습니다만⋯⋯."

담임이 가장 필요한 안건을 발설했다.

"저도 사실은 담임선생님도 만나 뵙고 싶고, 문희 진학문제를 의논드리려고 C시에 내려왔습니다. 더 일찍 선생님을 뵈러 와야 하는데 제가 좀 늦었습니다. 교실에 올라가서 문희와 잠시 이야기를 나누었습니다만, 문희는 여학생을 우대해주고 장학금 주는 S대학교를 지망한다고 합니다. 과는 국문과가 좋겠다고 하는데 담임선생님께서는 어떻게 생각하시는지요?"

"아, 예. 저도 김문희 학생의 학과 성적이나, 특활도 문예부인 것으로 살펴볼 때 그쪽이 무난하리라고 봅니다."

"그러면 그렇게 지도해주시면 감사하겠습니다."

"네! 잘 알겠습니다."

경희와 문희 담임과의 면담이 끝났다. 문희의 밀린 등록금 완납, 대입 지원서 제출 건, 그리고 점심시간 외출, 방과 후 문희가 일찍 하교하도록 허락받은 것 등이었다.

경희는 그사이 한복 대신 비취색 투피스로 갈아입고 문희와 나란히 군영곽群英廓에 들어섰다. 군영곽은 C시에서 잘 알려진 중국

음식점이다. 규모도 크고 특히 자장면 맛이 특별하다는 정평이었다. 각 학교 입학과 졸업식 시즌에 군만두, 탕수육, 자장면이 불티나게 팔리는 집으로 소문이 자자했다. C시에서 학교를 다녔다 하면 누구나 군영곽의 자장면을 모르고서는 이야기가 안 된다.

"어서 오세요!"

종업원이 쏜살같이 달려 나와 그들 자매를 내실로 안내했다. 출입문에서 오른쪽의 긴 복도를 지나 한참 들어가면, 수련 잎이 동동 떠 있는 작은 연못이 보이는 아담한 방이었다.

"문희야! 이 옷 어떠냐? 우리 시아버님이 동서랑 같이 투피스를 새로 맞춰주셨단다. 박씨 가문에 들어와서 예쁜 아기 낳아 준 선물이라고 하시면서."

경희는 방에 들어서자 그 자리에서 두 팔을 활짝 벌리고 한 바퀴 빙 돌았다. 세련되고 멋스러웠다. 나비 떼가 훨훨 날아오르는 것처럼 기분이 상승했다. 문희는 그런 언니를 보자 싱글벙글 웃음이 터져 나왔다. 고급하고 우아하다. 언니가 세상에서 제일 아름답게 보였다.

"며느리들 기를 팍, 팍, 살려주시는 거네. 호호호! 언니는 정말 좋겠다."

문희가 보기에도 언니의 삶은 비로소 쉴 만한 물가에 도달하여 부족함이 없어 보였다. 눈물이 날 만큼 감사했다.

"너무 대접을 잘 받게 되니 나도 뭐가 뭔지 모르겠어. 우리 어머니가 불쌍해. 나만 행복한 것 같아서."

군영곽은 시간이 일러서인지 손님이 과히 붐비지 않았다. 그들 자매가 도란도란 정담을 나누기에 제격이었다.

"언니! 애기는 누구 닮았어? 예뻐? 어머니 병환은 좀 나으신 거야? 아버지 소식은 있어? 군대 간 오빠들은 편지 보내와? 서울 동생들은 어때? 이모는 왜 나에게 어머니든 누구든 만나지 말고 내려가라 했는지 그걸 여태 모르겠어."

문희는 무엇부터 털어놓을지 두서를 차릴 수가 없다. 언니를 만난 자리에서 묻고 싶은 것, 궁금한 것을 다 알아내고 싶은 심정이었다.

"그거야 우리 식구들에게 노상 사찰계 형사들이 따라붙으니까 조심시킨 거겠지. 문수랑 문철이가 다른 사람보다 일찍 군대에 간 것도 다 그런 이유가 아니겠니? 학교에서도 왕따를 당했는데 상관한테 기합은 안 받는지 모르겠다. 매일 같이 우리 집에 형사들이 출근해서, 우리 가족들이 어디를 가지도 오지도 못하고 숨도 크게 쉬지 못했잖아. 나도 결혼을 안 했으면 아마 밖에 나다닐 수가 없었을 거야. 사사건건 간섭하고 통제했잖아. 내가 이렇게 자유롭게 다니는 것도 다 우리 시아버님 덕분이지 뭐냐. 우리 아버지 보렴. 영 집에 못 오시잖아. 그게 말이 돼? 아버지가 뭐 국가 전복이라도 도모했다는 거냐. 그거 아니잖아. 무슨 증거가 있어? 아무것도 없잖아. 죄라면 전쟁 나자 사흘도 못 가 곧바로 한강 다리 폭파한 그 사람 아니겠니. 캄캄 밤중에 한강 다리가 끊어졌는데 아버지가 어떻게 집에 오시니?"

경희는 몹시 화가 난 듯 상을 찡그렸다. 상을 찡그려도 윤곽이 또렷한 이마며 볼, 코와 입술이 서양 배우처럼 예뻤다.

"언니 말대로 증거가 있어야 하는 건데 정말 너무하는 것 같아."

"그렇단다. 억울하고말고."

"어머니는 어떠신 거야? 무슨 큰 병은 아니지?"

꿈에도 잊지 못할 것은 어머니의 안부였다. 어머니를 만나지 못한 동안 문희는 노심초사했다.

"아니긴, 어머니가 본래 C시 부인회 간부였잖니. 그냥 반동분자가 아니고 남편을 빼돌린 악질반동이라고 인민군에게 붙들려가서 고문당한 거 너는 모르지? 아무도 말해 준 사람이 없을 테니 너가 어떻게 알겠니? 뼈가 부스러진 채 삭아 내렸대. 뼛조각이 피부에 박혀서 빼낼 수도 없고 그 병은 이름도 없다는구나. 그게 어디 인공 때뿐이냐? 남과 북 양쪽에서 다 당한 거 아니겠니."

"어머나! 어떻게 해?"

"우리 가족이 아버지 기다리다가 피난을 빨리 못 갔잖아."

"그건 일부러 그런 게 아니잖아. 사흘 안에 적을 격퇴한다는 방송 나도 들었어. 그 방송 듣고 피난 안 가도 되는 줄 알았다고."

"더 얘기하지 말자. 가슴 찢어진다."

"나도 본 것 같아! 애송이 인민군 두 명이 따발총으로 어머니 옆구리를 쿡쿡 찌르면서 끌고 가는 것을."

문희가 본 것은 그것만이 아니었다. 저녁때가 다 되어 절룩거리며 몸을 제대로 가누지 못한 채 집에 돌아온 어머니는 전신이 피투

성이였다. 머리칼이 얼굴을 덮었고, 찢겨진 치맛자락 사이로 시뻘
겋게 멍든 무릎이 보였다.

"그뿐이 아니야. 어머니는 남쪽에서도 당했어. 붙들려가면 거
의 밤이 되어서야 기어서 오셨어. 몽둥이로 하도 맞아서 어머니는
태아가 사산되고 피를 쏟고 정신을 잃었어. 어머니가 참담하게 당
할 때 우리 형제들도 학교에서 호되게 당했단다. 담임선생님이 교
탁에 내 머리를 박고 교실이 떠나가게 고함쳤어. 머리가 깨지는 줄
알았다고. 문수랑 문철이도 학교를 가지 못했어. 갈 수가 없었어."

"세상에나! 그러고 보면 나 중학교 입학할 때도 담임이 입학원
서를 써주지 않아서 사정, 사정해서 겨우 입학했는데. 그래서였구
나."

"이번에 서울 올라가면 형부와 의논해서 어머니 모시고 큰 병원
에 갈 거야. 봄까지 기다릴 수가 없을 것 같아."

그 정도로 어머니의 병세가 심각한 줄 모르고 있었다는 게 문희
는 부끄러웠다.

"너하고 오랜만에 밥도 같이 먹고, 이런저런 이야기도 하고 싶
어서 내려왔단다. 너의 담임선생님을 뵙고 네 진학문제를 의논드
리고, 그리고 모충동 너의 친구네 집에도 가서 인사를 드려야 할
것 같았어. 친척도 아닌데 너무 고마우신 분들이구나. 학교 파하거
든 북문로로 올래? 내가 시아버님에게 말씀드려 놨어."

경희는 문희 접시에 탕수육을 몇 점 더 얹어주며 말을 이었다.

"문희야. 많이 먹어. 형부하고 내가 나서서 해보는 데까지 잘해

볼 거야. 너는 걱정하지 말고 꼭 원하는 학교에 합격하도록 해!"

경희가 말을 마치고 울분을 토하듯 길게 한숨을 내쉬었다.

"우리 가족이 방송만 믿은 게 한이다마는 당국도 이젠 손을 놓을 때가 된 거 아니니. 그게 언제 적 이야기냐? 무엇이 됐든 증거가 나와야 하는데, 털어 봐도 아무 것도 안 나오잖아. 도 경찰청으로 내가 직접 찾아갈 용의도 있어. 이제 제발 우리 가족을 놓아주라고 탄원을 해보고 싶어."

"그래 언니! 아버지 어머니가 언제까지 헤어져 살아야 하냐고. 더구나 어머니 몸도 안 좋으신데."

"내가 알아서 할 테니까 너는 공부 열심히 해서 꼭 합격하기 바란다."

군영곽에서 나오자 경희는 북문로 시댁으로 가고 문희는 다시 학교로 돌아왔다. 문희는 천군만마 지원군을 얻은 것처럼 어깨가 으쓱했다. 어느 대학, 어느 학과를 지원해도 합격할 자신감도 생겼다.

이젠 달밤에 장독대에 올라가서 무심천을 하염없이 바라보는 일은 없을 것이었다. 중앙공원에도, 시립도서관에도, 우암산의 성당에도 가지 말고 오직 학업에만 몰두하겠다고 마음을 굳게 다졌다.

늘 재미없고 지루하던 수학 시간이 어떻게 지나갔는지 모르게 지나갔다. 영어시간에 정동민 선생님은 전처럼 읽기를 시켰다. 그날따라 문희의 영어 발음이 좋다고 칭찬했다.

마지막 수업이 끝나자 문희는 언니가 담임에게 허락받은 대로 종례를 생략하고 서둘러 북문로로 갔다. 본정통을 거의 끝까지 다 빠져나오자 좀 한적한 대로변에 제법 덩치가 큰 기와집들이 여러 채 나타났다. 하나는 ㅊ사장 댁, 하나는 C대학 설립자인 ㄱ사장 댁이었다. 그 중간에 경희의 시아버지 박용덕 사장의 저택이 있었다. 밖에서만 보아도 집 규모가 어찌나 방대한지 고궁을 연상시켰다.

문희는 옷매무새를 가다듬고 초인종을 눌렀다.

삐걱! 대문이 열렸다. 안채 건물은 대문에서 한참 떨어져 있었다. 시원하게 트인 마당이 펼쳐지고, 여러 종류의 나무가 어우러져 광활한 숲처럼 보였다. 집 기둥 하나가 어른이 두 팔로 껴안아도 될 만큼 우람했다.

"어서 오시게!"

박용덕 사장이 한복 차림으로 문희를 맞았다. 중후한 모습이었다. 그 뒤에 경희가, 또 그 옆에는 이 집 안주인으로 보이는 경희의 동서가 생글생글 웃으며 문희를 맞이했다.

"어서 오세요!"

"이리 편하게 앉으세요!"

경희 동서가 상냥한 음성으로 거실 소파를 가리켰다.

"제 언니를 쏙 빼닮았군! 그래 잘 왔어요. 그러지 않아도 한 번 집으로 초청을 할까 했지."

문희는 꿈을 꾸고 있는 것만 같았다. 이런 우대는 예상 밖이었다.

"내 차를 타고 다녀와요. 운전기사한테 말해 놓았으니 잘 모셔다 줄 게야!"

박용덕 사장이 경희에게 분부했다. 문희는 사돈댁에서 이른 저녁 식사를 마치고 경희와 함께 박용덕 사장의 차를 타고 모충동 미자네 집으로 갔다.

"문희야! 너는 참 좋은 친구를 두었구나."

경희가 문희를 돌아보며 미소 지었다. 미자와는 중학교 때 문예반에서 함께 활동했고, C여고에서는 백로 클럽에 함께 들어갔다. 백로 클럽은 음악 미술 문예 체육 등의 특기가 있어야 들어갈 자격이 주어지는 좀 특이한 클럽이었다.

미자는 시를 잘 지을 뿐 아니라, 노래도 잘 부르고, 미술에도 소질이 있었다. 문희와는 싸움 한 번 하지 않고 상당유치원에서부터 시작하여 C여중, C여고에 이르기까지 쌍둥이처럼 늘 붙어 다녔다. 지금은 한 지붕 한솥밥이니 그 우정은 남달랐다.

승용차가 남다리를 건넜다. 남다리 아래로 무심천은 여전히 찰랑찰랑 흘러갔다. C시 시민의 전폭적인 사랑을 받는 무심천은 문희에게 개천이 아니라 강이었다. 문희는 초중고 과정을 춘풍추우 변함없이 무심천을 건너 학교에 다닌 셈이다.

남다리를 지나 오른쪽 길로 조금 내려가자 미자네 기와지붕이 보였다. 가는 도중에 초가집과 함석지붕, 돼지우리가 촘촘히 보였지만 미자네 집은 그 위쪽에 위치한, 제법 밥술깨나 먹는 집의 면모를 갖추고 있었다.

승용차가 멎자 차에서 내린 문희가 달려가 대문을 두들겼다.

딸랑! 딸랑!

대문에 매달린 방울이 미묘한 소리를 냈다. 문희가 좀 더 세게 대문을 흔들자 안으로부터 문이 활짝 열렸다. 미자 엄마가 대문으로 걸어 나왔다.

"아니! 문희야! 어찌 기별도 없이 언니를 모시고 오느냐?"

미자 엄마가 놀란 듯 우뚝 서서 문희를 바라본다.

"안녕하세요? 김문희 언니입니다."

경희가 미자 엄마에게 고개 숙여 인사했다. 운전기사는 북문로에서 준비해 준 선물 상자를 차에서 내려 경희에게, 경희는 그것을 받아 미자 엄마에게 드렸다.

"저의 시댁에서 준비하신 것입니다. 약소하지만 문희를 돌봐 주셔서 너무나 고맙다고 하시면서."

경희가 미자 엄마에게 머리를 조아리고 겸손하게 말했다.

"저런! 내가 이 귀한 걸 받을 자격이 있나 모르겠네."

"무슨 말씀이세요? 늦게 찾아뵈어서 저희가 죄송합니다."

"아, 이럴 게 아니라 어서 이리 올라와요!"

경희와 문희가 대청마루로 올라섰다. 파리가 미끄러질 정도로 반들반들 윤이 나는 대청마루에 미자가 달려 나와 방석을 놓았다.

"어머나! 너 문희! 어쩜! 너의 언니도 오셨구나."

미자가 경희에게 꾸벅 머리를 숙였다.

"미자야! 너 차하고 과일 좀 내오너라."

미자가 물러가자 미자 엄마가 경희 옆에 다가앉는다.

"우리 바깥양반 동기가 도 경찰청에 계신다고 해요. 진즉부터 문희 아버지 구출운동을 펴고 계신 걸로 아는데요. 힘드시겠지만 조금 더 기다려 보십시다."

뜻밖의 희소식이었다. 문희는 깜짝 놀랐다. 경희는 시아버지에게 부탁드려 볼까 했다. 하지만 시집온 지 얼마 되지 않은 며느리 입장에서 너무 나서는 것 같아 조심했다.

"염치없지만 잘 부탁드리겠습니다."

경희의 음성이 떨렸다. 아버지만 집에 계셔도 어머니의 병환이 더 악화되지 않고 그만할 것 같았다.

"당연히 도와드려야지요. 힘이 닿는 한."

"정말 감사합니다."

경희 문희 자매로서는 예상치 못한 막강한 지원군을 얻게 돼 가슴이 뿌듯했다. 미자가 차와 과일을 내왔다.

"미자야! 반갑다. 늦게 찾아와서 내가 미안해."

경희가 미자 손을 이끌어 쥐고 한 손으로 미자의 등을 감쌌다.

"아니예요. 언니!"

경희는 미자 엄마에게 정중히 인사를 드리고 박용덕 사장 차를 타고 북문로 시댁으로 돌아갔다.

"다음에 또 C시에 내려오시면 내 집처럼 들리세요!"

미자 엄마가 경희에게 다정하게 말했다.

문희는 대문 밖에 나와 서서 무심천 둑길로 달려가는 승용차의 뒷모습을 하염없이 바라보았다. 문희의 가슴으로 당장 그리움이 밀려왔다. 혈육에의 진한 그리움이었다.

경희는 C시에 와서 계획했던 일을 원만히 처리하고 서울로 떠났다.

"내 바쁜 일 좀 마무리 해놓고 손자 보러 갈 테니 그리 알아라. 허, 그 녀석!"

박용덕 사장은 마치 손자가 눈앞에 있는 것처럼 호기롭게 말했다.

시아버지의 그 한 마디는 경희에게 천군만마 지원군 못지않았다. 경희의 행복은 이미 절정을 이룬 느낌이 들었다.

화탕지옥

"어머님! 다녀왔습니다. 민우民佑가 울지는 않았는지요?"

경희는 시어머니 앞에서 공연히 몸이 움츠러든다. 민우를 시어머니에게 맡겨놓고 C시까지 먼 나들이를 다녀온 게 마음에 걸렸다. 더구나 친정 볼일로.

"울기는 얘가 왜 울어. 제 엄마가 없으니 더 잘 웃고 잠도 잘 잤구만."

시누이 재임이 말했다. 시어머니는 조용히 웃으며 민우를 안고 추슬렀다.

"민우야! 이 할미하고 잘 먹고 잘 놀았지? 까꿍! 어휴! 그래. 그렇게 좋아?"

할머니 품에서 민우가 방글방글 웃었다.

경희가 방으로 들어서자 시어머니도 방으로 따라 들어왔다.

"민우 외할머니가 다녀가셨다. 내가 잠깐 시장엘 다녀왔더니 그새 다녀가신 모양이더라. 몸이 많이 안 좋으신 것 같더란다."

"네? 아!"

그 밤 경희는 그 어떤 불길한 예감에 휩싸여 꼬박 밤을 새우다시 피 새벽을 맞이했다. 뼈가 부서져 삭아 내렸다는 뜻이 뭐야? 수술도 안 되고 약도 안 듣는 병이 대체 무슨 병이란 말인가.

경희는 C시에 다녀온 지 하루밖에 안 돼 또다시 민우를 두고 외출하겠단 말이 나오지 않았다. 어머니에게 자식이라야 그녀가 제일 맏이였고 경희 밑으로 두 아들은 군복무 중이었다. 문희는 C시에 있고 다른 동생들은 어렸으며 공부하랴 아르바이트하랴 분망했다.

인민군에게는 악질반동이라며 따발총으로, 아군에게는 부역자라며 가죽 혁띠로 온 전신을 매질 당했다는 어머니! 어머니는 총칼도 무섭고, 두꺼운 가죽 혁띠의 휘리릭! 하는 소리는 더 소름 끼친다고 했다.

아버지의 잠적으로 인해 어머니의 죄과가 더 가혹하게 다루어지는 것 같았다. 연약한 아녀자라고 한끝도 사정을 보아주지 않았다. 무엇이 됐든 이름만 갖다 붙이면 죄가 되었다.

수시로 피오줌을 지리고, 한여름에도 한기가 나서 솜버선을 신어야 하는 어머니. 얼마나 급했으면 오셨을까. 그 몸을 해가지고 큰딸 경희를 찾아왔다가 딸의 얼굴도 못 보고 가신 어머니. 남편의 행방도 모른 채 여러 해 동안 자식들 뒷바라지를 해온 장한 어머니였다.

경희는 알고 있다. 큰딸의 괴질을 고쳐보려고 동분서주하느라, 정작 어머니 자신의 병은 돌아볼 사이가 없었다는 사실을. 출옥 후 경희가 병이 났을 때 갖은 방법을 다 동원하다가 끝내는 원혜암 해명 스님에게 데리고 간 일. 남다리를 건너 산길 들길을 어머니와 정답게 걸어갔던 일, 사방에 들꽃이 피어 아름다운 길이었지만 그때도 어머니의 건강은 부실했을 터이다.

부역자 집안이라고 얕보고 곗돈 떼어먹고, 가게 외상값 잘라먹고도 모자라 도리어 어머니를 도둑으로 모는 계원들. 큰딸이 서울로 시집가자 무서워 더는 못 살겠다며 도망치듯 서울로 오신 어머니였다.

경희는 얼른 옷을 갈아입고 재선이 출근하는 차에 무작정 동승했다.

"넌 또 어딜 가는 거냐? 이 아침에?"

민우를 안고 나오며 시어머니가 아들 내외를 바라본다.

"아니 올케! 어디 직장에 출근해? 애는 누가 봐?"

시누이가 시비를 걸었다.

"애 엄마가 잠깐 다녀올 데가 있어서……."

재선이 변명한다.

"어머니 다녀오겠습니다! 민우야! 아빠 다녀올게."

그들이 탄 차가 충신동 언덕을 미끄러지듯 내려와 동대문 방향으로 달려갔다. 이른 아침이라 거리는 비교적 한산했다.

"민우 엄마! 당신 어제 C시에 다녀왔는데 좀 쉬어야 하는 거 아냐? 내가 태워다 주기는 하지만 얼른 돌아오라고. 장모님은 내일이라도 대학병원에 입원 수속을 밟도록 해볼게."

승용차는 동대문을 지나서 구불구불한 골목을 가로지르더니 가파른 숭인동 언덕배기를 오른다. 골목길이 어지럽게 여러 갈래로 펼쳐져 있었다.

"여기 내려서 조금 걸어가야 되겠는 걸. 자, 여보 힘내요!"

재선이 경희의 손을 꼬옥 쥐었다 놓으며 차를 세웠다. 거기서부터는 가파른 바윗길이었다. 어머니가 C시를 떠나 숭인동 산자락에 둥지를 꾸렸을 때 와보고는 처음이었다. 바위가 어찌나 큰지 무슨 거대한 산처럼 보였다. 어머니가 길도 아닌 이 길을 걸어 내려오셨겠구나. 얼마나 위급했으면……

"네! 그럼 저는 여기서 내릴게요. 잘 다녀오세요."

경희는 민우 낳고 몸조리하느라, 몸조리하고 나서도 아기 돌보느라 한동안 어머니에게 찾아가지 못했다. 아들 낳은 게 무슨 유세라고 병든 어머니를 찾아오지 않다니, 그녀는 가슴이 미어지는 것 같았다. C시에는, 문희 학교는 나중에 가더라도 어머니가 더 급했는데, 경희는 후회막급이었다.

바윗길을 미끄러지듯 타고 내려와 저 아래 공동 수도에 가서 물을 길어다 먹는 곳, 수돗물 사정도 나쁘고 오르내리기 힘들다고 평지로 이사 가시라 해도 남에게 신세 지는 것을 제일 싫어하시는 어머니였다.

여기가 편하다, 이만하면 됐다, 걱정하지 마라, 늘 그러셨다. 아, 어머니!

그녀는 어머니의 마음을 헤아리며 눈물을 떨군다. 신장, 방광에 염증이 심하고 위장에 종양이 생겼다고 하던가. 어머니가 어려서부터 다녔다는 C시의 용하다는 한의원에서 한 말이었다.

해명 스님의 원혜암에 자주 오신다는 한의사는 달리 손을 써볼 수가 없다는 말과 함께 사시는 날까지 편안히 잘 모시라고, 다른 도리가 없다고 말했다. 애시 당초 수술이나 첩약 정도로 해결될 병이 아니라는 뜻이었다.

어머니 박순금 여사는 C시 대한부인회 일로 만나 절친하게 지내던 혜민 병원 원장 사모님의 권유로 혜민 병원에도 다녔다. 나중에는 병원에 갈 기운도, 돈도 없어서 숫제 혜민 병원 원장이 왕진 가방을 들고 거의 매일 집으로 왕진오곤 했다. 신장을 다스리는 약을 써보고 영양제 주사를 놓고, 백방으로 노력했지만 근본 치료는 어렵다고 했다.

경희는 당시 C시의 형무소에서 복역 중이었다. 고정간첩단을 도왔다는 혐의였다. 얼토당토한 일이다. 도운 일이 없는데 간첩단 두목 한춘경의 애인으로 죄를 덮어씌운 것이다. 한춘경이 경희와 연인관계라고 자백했다고 한다. 만으로 열여섯도 채 안 된 어린 소녀가 무슨 삼십 대 후반의 애인이란 말인가. 애인은 고사하고 한춘경의 얼굴을 본 것도 최근에 두 번이었다. 하늘이 격노할 일이었다. 그녀는 투옥된 가족을 면회 온 사람들을 통해서 어머니의 병환 소식을 간접적으로 접할 수 있었다.

피난민들이 집단 이주하고 나서 생긴 이른바 언덕바지 꼬방동네는 어디가 길이고 집인지 잘 구분이 되지 않았다. 좌우, 동서 사방에 번듯한 집 한 채 보이지 않는 바위 꼭대기 난민촌이었다. 그녀는 바위 언덕길을 허위허위 올라갔다.

어머니도 고집부릴 게 따로 있지. 내가 힘이 되잖아. 집 한 채 마련할 돈 내게 있는데 이게 뭐야? 그 몸으로 물을 길으러 저 아래까지 내려간다고? 으흐흑! 내가 왜 영화사와 계약을 파기하면서까지 부잣집에 일찍 시집간 줄 알아? 어머니 고생 덜 시키려고 그런 거라고, 아버지도 안 계시는데, 으으흑, 흑, 흑.

그녀는 산꼭대기 오두막에 닿기도 전에 그만 눈물범벅이다. 지쳐 쓰러질 지경이 된다. 눈물은 단순한 액체가 아니라 생명체의 귀중한 진액이었다.

"어머니! 저 왔어요! 민우 엄마 왔어요!"

부엌 문턱에 서서 어머니를 불렀다.

"어머니! 어머니 어디 계세요?"

오두막에는 아무도 없다. 동생들은 학교에 갔을까. 경희는 동생들에게 강조했다. 세상의 누구도 무엇도 믿지 말아라. 신문배달이든, 빵집 점원이든, 자기 일은 자기 스스로 개척해야 한다. 이른바 자등명법등명의 원리를 가르쳐왔다. 기왕이면 제대로 한 번 크게 도우려했고, 동생들에게는 스스로 자립심을 기르도록 불가피한 경우에만 도왔다. 동생들은 아르바이트하러 새벽에 집을 나간 것일까. 그녀는 망연자실하여 부엌문을 붙들고 서 있다.

"저런 어쩌나! 큰 따님이신가 보네. 아까 보니 병원에 실려 가시는 것 같던데."

이웃에 산다는 할머니가 다가와 그녀에게 일러주었다. 그 할머니가 나온 판잣집 출입구에서 기름먹은 검은 종이때기가 바람에 펄럭거렸다. 그 종이때기가 일테면 출입문이었다. 걸치고 있는 할머니 옷도 다 해어진 넝마 조각을 잇댄 누더기였다. 그 할머니는 이북에서 내려온 피난민 같았다.

"어느 병원이라고 하던가요?"

경희는 가까스로 정신을 수습하고 나서 이웃에 산다는 할머니에게 물었다.

"그 뭣이라, 대학병원이라던가. 중학교 다니는 따님이 택시를 불렀구면"

아아, 그럼 문숙이가 어머니를?

경희는 이웃 할머니에게 인사를 드리고 급히 발걸음을 돌렸다. 허둥지둥 바윗길을 걸어 내려와 큰길로 나왔다.

"경희야! 어머니는 좀 어떠시냐?"

저녁 어스름에 옆집에 사는 청일이 엄마가 찾아왔다. 사찰계 형사들이 저녁을 먹기 위해 집을 비운 뒤였다. 청일이 엄마는 눈치가 있었다. 괜한 일로 형사들에게 붙들려 곤욕을 치르지 않기 위해 저녁 어스름을 기다린 것 같았다.

"뭣이 됐든 잘 자셔야 병도 이기는 법인데."

청일이 엄마가 어머니에게 드리라며 금방 쪄낸 고구마 양재기를 경희에게 주었다. 양재기 바닥이 뜨끈뜨끈했다.

"식구는 많고 버는 사람은 없으니 너희 엄마가 누워 있어도 그 맘이 어찌 편하겠냐? 경희야! 너 혹시 돈벌이해 볼 생각 없니?"

경희가 고구마 양재기를 부엌에 가져다 놓고 와서 청일이 엄마 옆에 앉았다.

"저기, 그 뭣이냐. 청일이 아부지가 그러는데 ○○우체국에서 사람을 쓰는 모양이여. 우표 파는 아가씨가 글쎄 시집을 간단다. 세상이 이리 시끄러운데도 시집 장가를 가는구나."

"제가 할 수 있는 일인가요?"

경희는 청일이 엄마 옆으로 바싹 다가앉았다.

"일은 배우면 누구나 할 수 있단다. 별로 어렵지 않은가 보더라. 대신 월급은 얼마 안 된다고 하대. 하지만 어쩌겠냐? 일자리가 어디 흔한감."

"아주머니! 제가 갈게요! 아저씨한테 잘 말씀드려 주세요."

"경희가 반색했다.

"그려? 그럼 느그 엄니는 내가 눈치껏 보살피마. 아무 걱정 말거라. 그러믄 내가 니 맘을 알았으니께 언능 가서 청일이 아부지한테 부탁해 볼 겨."

무엇보다도 여러 가족이 먹고사는 문제가 시급했다. 경희의 경력이라고는 내세울 게 없다. 나이 어린 그녀가 무엇을 어떻게 해야 할지 방법을 알지 못했다. 일자리는 엄두도 낼 수 없었다.

경희는 청일이 엄마 덕분에 C시 변두리에 있는 작은 우체국 말단 직원이 되었다. 창구에 앉아서 우표를 사러 오면 서랍 열고, 문양도 색깔도 다르고, 값도 제각각인 우표를 내어주고, 등기 우편은 받아서 주소를 적은 다음 영수증을 떼어주는 비교적 간단한 업무였다. 시외전화를 연결해 주고, 글을 모르는 어르신들이 오면 경희가 편지봉투에 주소를 대신 써 주기도 한다.

경희가 우체국 출근으로 집을 비운 이후에도 사찰계 형사 두 명은 집으로 매일 출근했다. 하루 이틀도 아니고 사시장철이었다. 아버지가 피신했지만 그들은 감시 감독을 중단하지 않았다. 집에는 사람 그림자가 얼씬도 못 한 지 오래되었다. 동생들이 학교에 가고 나면 동네 강아지도 집 가까이 오지 못할 만큼 집안은 침통한 분위기였다.

부역자는 누구나, 아무 때나 호출했다. 경찰서에 불려 간 어머니는 그때마다 초죽음이 되어 돌아오기 일쑤였다. 툭하면 끌어다 고문하고, 총으로 즉각 처형해도 하소연할 곳이 없는 무법천지였다. 아무런 규정도 잣대도 없이 멋대로 호출하여 심문하고 폭행을 자행했다.

어쩌다 인정이 있는 사람을 만나면 고문의 강도가 한결 낮아졌다. 그러나 그것도 잠시, 담당자가 바뀌면 다시 이 갈리고 피비린내 나는 만행이 반복되었다. 그들은 젊은 아녀자를 고문할 때 저들끼리 킬킬대면서 특별한 재미를 느끼는 태도였다고 했다. 어머니 몸이 강철인들 견딜 수 있었을까.

그녀가 우체국에 취직한 것은 부모님을 대신해서 십자가를 진 것이나 다름없다. 가족들 밥을 굶기지 않으려면 맏이인 경희가 나설 수밖에 다른 방도가 없었다. 어머니 뒷바라지에 가족들 생계까지 떠맡게 된 그녀였다.

"어어! 경희 동무. 사찰계 형사 지금도 집에 오나?"

늦은 저녁 한춘경이 경희를 찾아왔다. 어려서 보고는 처음이었다. 그는 C중학교 체육 교사로 재직 중이었다.

경희는 외로웠다. 한춘경에게 부모님이 처한 위기를 털어놓았다. 아버지는 집을 나가 떠돌이 생활을 하고 있고, 어머니는 아버지 몫을 보태 더 혹독한 고문으로 만신창이가 되어 누워 지내는 처지였다. 어린 동생들은 학교는 고사하고 늘 배가 고파 헐떡거렸다.

한춘경은 그 후에도 형사들이 자리를 비운 늦은 밤에 다시 찾아왔다.

"걱정 마! 어떻게든 내가 힘써 볼게!"

경희는 귀가 번쩍 뜨였다.

"좋은 안이 떠올랐어! 경희가 나를 도와줄 수 있겠지?"

경희가 멍한 채 한춘경을 주시했다.

"자아, 이거 어머니 병원비로 쓰라구."

한춘경이 내놓은 돈다발은 금빛이 날 정도로 휘황했다. 방금 조폐공사에서 제조한 듯한 신권 돈뭉치를 보자 열일곱 살 경희는 공포감이 앞섰다.

"경희, 네가 퇴근하고 오는 길에 할 일이 있어. 우체국에서 가까워. 쌍수골 마을 입구에 큰 느티나무가 두 그루 나란히 있을 거야. 그 느티나무를 끼고 산 쪽으로 몇 걸음 가다 보면 기와집이 나와요. 그 집 대문에 신경우 문패가 보일 거야. 말은 한마디도 필요 없어. 사람이 나오면 편지만 전해주고 바로 되돌아서 오라고!"

"퇴근하면 집에 빨리 가서 어머니를 돌봐드려야 해요. 집에 아무도 없어요. 저 그럴 시간 없어요."

"뭐라고? 시간 없다고? 정히 그렇다면 나도 너를 도와줄 수가 없지."

한춘경은 돈뭉치를 도로 집어 양복 주머니에 넣었다.

"기회가 여러 번 오는 게 아니야. 니 부모 죽이고 싶거든 마음대로 해!"

한춘경은 뱉듯이 말하더니 휑하니 바람처럼 사라졌다.

경희가 뒤꼍의 작은 방에서 숨을 죽여 흐느껴 우는 걸 문희는 보았다.

경희가 첫 월급을 탔다. 시국이 어수선해도 C시의 외곽에 있는 작은 우체국에서 월급은 제때 나왔다. 적은 월급이지만 큰 부자가 된 것처럼 마음이 부풀었다. 앞으로 고정적으로 월급을 탈 수 있다는 것만으로도 큰 위안이 되었다. 제일 먼저 쌀을 사 왔다. 하얀 쌀밥을 고봉으로 담아 동생들에게 맘껏 먹게 할 생각이었다. 그리고 어머니를 위해서는 쇠고기를 샀다.

"환자가 드실 거니까 살코기로 주세요."

소화를 제대로 못 시키는 어머니를 위해 쇠고기를 다져 넣고 죽을 쑤었다. 나무 주걱으로 죽 냄비를 저으면서 경희는 모처럼 라디오에 귀를 기울였다.

우체국에 출근하면서부터 경희는 라디오 뉴스를 듣기 시작했다. 시국도 시국이지만 부모님 때문에 늘 불안을 안고 사는 까닭이었다.

라디오에서는 C도 전역에서 활동하는 고정간첩단 명단이 불리어지고 있었다. 한춘경이었다. 첫 번째로 그의 이름을 불렀다. 연달아 한양수 씨의 다섯 아들과 친지들의 이름이 줄줄이 방송을 타고 흘러나왔다.

방송을 듣던 경희가 벌떡 일어섰다. 그 바람에 죽을 젓던 주걱이 부엌 바닥으로 떨어졌다. 더 놀라운 것은 C도 고정간첩단 대장인 한춘경의 애인이란 죄목으로 김경희 이름이 거론된 사실이었다. 그녀는 바닥에 떨어진 주걱을 집을 새도 없이 부들부들 몸을 떨었다.

한춘경의 애인이라고? 내가? 그녀는 숨이 컥! 막혔다. 심장이 멎는 것 같았다.

C도 일원의 이른바 고정간첩단 사건은 C시는 물론 전국을 발칵 뒤집어 놓은 큰 사건이었다. 그들 조직이 방대하고 그 활약상이 기상천외했던 이유였다. 남한에 대대로 뿌리내리고 살아온 대개는 식자, 유지급이었다.

고정간첩단의 대장은 쌍수골 부자로 이름난 한양수 씨의 큰아들 한춘경이었다. 그들 5형제 중 중학교에 다니는 막내아들까지, 가까운 친척이며 지인들도 모조리 간첩이 되었다. 어려서부터 경희네와 그 집안은 서로 왕래가 잦았으므로 자식들도 서로 안면이 있었다.

어머니는 들판에 보랏빛 엉컹퀴꽃이 지천으로 피어나 수밀도 향기가 속속 퍼져갈 무렵 아이들을 데리고 과수원으로 갔다. 아버지가 한양수 씨 소개로 사놓은 과수원은 경희네 가족에게 낙원이었다. 경희 형제들은 원두막에 올라앉아 광주리에 담긴 수밀도를 맘껏 먹었다.

아버지는 아버지 대로 한양수 씨 그들 일가와 격의 없이 지냈다. 낚시를 함께 간다든지, 화양계곡에 야유회를 간다든지 하면서 3대 독자인 아버지는 그들과 형제처럼 지냈다. 그들이 국가 사회에 교란을 획책하는 고정간첩일 줄 어찌 알았으랴.

동생들은 고기죽 끓는 냄새에 부엌으로 몰려들었다.

"언니! 우리 밥 언제 먹을 거야? 나 배고파!"

막내인 문혜가 졸랐다. 문혜 뒤로 문숙 문주가 경희를 바라보고 있다.

"그래! 어머니 죽을 먹여 드리고 나서 곧 밥 차려 줄게!"

경희가 쟁반에 죽을 올려 즉석에서 장만한 잘 무른 무나물과 함께 어머니에게 가져갔다.

"어머니! 제가 죽을 쑤었어요. 좀 드셔보세요."

어머니를 자리에서 일으켜 앉혔다. 뼈만 남은 어머니의 몸은 가랑잎처럼 바스락거렸다. 겨우 몇 순갈 떠먹이자 어머니가 도리질을 했다.

"얘야! 나 그만 먹어! 가서 동생들하고 밥 먹어라, 어서!"

어머니는 몇 마디 말을 하면서도 헉, 헉, 숨을 몰아쉬었다. 뼈만 남은 손등에 파란 힘줄이 유난히 두드러져 보였다.

"조금만 더 드세요!"

경희가 애원하다시피 어머니 입으로 죽 숟가락을 가져갔다.

"아니다. 더 못 먹어!"

경희가 조심스럽게 어머니를 자리에 눕히고 부엌으로 나왔다.

"애들아! 큰 방으로 와라! 우리 밥 먹자!"

동생들을 불러 모았다. 동생들이 밥상을 중심으로 빙 둘러앉기 무섭게 빈 그릇 긁는 소리가 들려왔다.

바로 그 시간, 대문 안으로 저벅저벅 걸어 들어오는 건장한 남자들, 앞에 선 두 명의 남자가 경희 이름을 큰 소리로 불렀다. 경희는 동생들 시중드느라 밥숟가락을 손에 쥐어 보지도 않은 때였다. 그들 뒤에 경희네 집에 살다시피 하는 낯익은 두 사람 유 모, 정 모, 사찰계 형사도 보였다.

"김경희 씨! C도 경찰청에서 나왔습니다!"

그들 중 한 명이 경희 코앞에 구속영장을 들이밀었다.

"불순세력에 가담, 동조한 죄로 김경희 씨를 체포합니다!"

경희가 부들부들 전신을 떨었다.

"묵비권을 행사할 수 있고 변호인을 선임할 수 있습니다."

하늘이 샛노랬다. 경희가 고꾸라지듯 그 자리에 주저앉았다. 주저앉은 경희의 손목에 형사 두 명이 달려들어 철컥! 수갑을 채웠다. 그들은 경희의 양팔을 꽉 붙들고 대문 밖으로 끌고 나갔다.

"언니! 경희 언니!"

동생들이 일제히 밥숟갈을 내던지고 큰 소리로 울부짖었다. 형사들은 대기해 놓은 찝차에 경희를 태우고 큰길로 사라졌다.

열일곱 경희의 죄목은 고정간첩단 두목의 애인이라는 별난 것이었다. 그녀는 말 한마디 못 하고 마의 소굴, 화탕지옥으로 그렇게 끌려갔다.

택시에 오르자 그녀는 퍼뜩 정신을 차렸다. 열일곱 살 아득한 과거에서 깨어난 경희가 중언부언 어머니의 안녕을 기원했다.

'어머니! 제발 살아만 주세요. 제가 더 잘할 수 있어요. 어머니는 저를 죽음의 골짜기에서 살려내셨잖아요.'

경희는 조바심이 났다. 종로 거리는 좌우로 차가 밀리고 있었다. S대학 병원은 지척인데도 경희에게는 천 리나 만 리 먼 곳으로 느껴졌다.

"기사 아저씨! 조금 더 속력을 내주실 수 없을까요?"

경희는 택시 기사에게 사정했다. 그녀는 어머니에게 더 일찍 찾아오지 않은 자신이 원망스러웠다. 그녀 자신이 죽기 살기로 죽음의 세계를 헤매고 다녔으면서도 그녀는 어머니의 병에 대해 낙관했다. 어머니의 강철 같은 생의 의지, 유난히 자식을 사랑하는 끔찍한 모성이 그 모든 어려움을 극복할 수 있을 것이라고 믿은 것이다. 어머니는 그녀를 죽음으로부터 살려낸 의지의 여인이었다.

아, 어머니!

세상 사람들은 입을 모았다. 병든 제 어머니보다 딸이 먼저 죽을 거라고, 점점 미치광이가 돼 가는데 그 병을 누가 고쳐줄 것이냐고. 저들끼리 찧고 까불렀다. 악담 일색이었다. 거기에 이 말 저 말 멋대로 후렴구까지 넣어 부풀렸다. 진실보다 거짓이 더 많았다.

"딸 부잣집 큰딸 말이여! 귀신 들렸다며?"

"귀신 들린 게 아녀! 감옥 가서 미친 거여! 사내들이 발로 차고 몽둥이로 때리고 하문서 이쁜 처녀를 생으로 잡은 겨!"

"근데 간첩 질 했으면 죽어두 싸지 뭘 그려."

"자네는 먼 말을 그리 숭하게 하남? 저 어린 것이 무슨 간첩질? 간첩이 뭔지 알기나 했겠어?"

"근께 남의 일이라고 함부로 말 하덜 마시라고! 그 어멈도 아무 때나 불려가서 매를 맞아서 곧 죽게 생겼더구만. 차마 불쌍해서 눈 뜨고 못 볼 것이구먼!"

경희는 어렴풋하게 알고 있다. 최초로 형사에게 끌려가 경찰서에서 조사를 받을 때, 그리고 감옥에 있을 때, 낮도깨비 같은 사내들이 짐승으로 둔갑해서 으르렁 그르렁 덤벼들 때, 죽을 힘을 다해 버럭버럭 악을 쓰며 반항하던 일. 그녀의 기억력은 기껏해야 그 지점에 머물러 있었다.

이거 놔! 나쁜 자식!

경희는 그 한마디 말도 버겁게 되면서 점차 음색, 음소, 발음, 그 모두를 상실했다. 입고 간 옷은 며칠 못 가 넝마 조각이 되었다. 머리칼은 산발이 되어 몸을 움츠리고 공포에 떨던 일. 공포에 떨다가 느닷없이 구치소 안이 들먹거릴 만큼 큰 소리로 악을 썼던 일. 공포를 물리친다고 소리를 질러댄 게 오히려 조사관들의 조롱을 샀던 일! 그리고 얼마 못 가 그녀는 말도, 정신도 다 놓아버렸다.

어머니는 어머니 나름으로 전신에 폭행을 당하고 중병을 얻었을 것. 경희가 수난을 당해도 앓아누운 어머니 말고는 올 사람이 없다는 현실이 그녀는 더 슬펐다.

대답을 하지 않으면 안 한다고 때리고, 대답을 하면 자기네 비위에 안 맞는다고 발길질이었다. 무고한 소녀 한 명을 붙잡다 마구 치고 쥐어박고 조롱했다. 하루에도 열두 번씩 생죽음을 시켰다.

"너 그놈하고 몇 번 했어? 이년아! 바른대로 말해!"

철썩! 철썩! 경희의 뺨을 이쪽저쪽 수없이 갈겨대던 수사관이 바닥에 피 흘리고 나둥그러진 경희에게 소리를 꽥! 내질렀다.

경희는 그게 무슨 말인지도 헤아리지 못한다. 인간에 대한 모욕, 앳된 소녀에 대한 최대의 능멸이었다. 소위 사상범을 다루는 엘리트 수사관들의 교양 수준이었다. 사상범? 엘리트? 그녀는 사상범이 아니었다. 그것은 수사관이란 직업을 가진 그들이 더 잘 알 것이었다.

수난의 배후에는 한춘경 그가 존재했다. 비겁하고 교활하게 경희를 궁지에 몰아넣은 장본인, 고정간첩단 대장 한춘경이었다. 경찰은 사건이 일어나기 전날 밤 한춘경이 경희한테 찾아온 것까지 밝혀냈다. 한춘경이 경희에게 문서 전달을 부탁했다가 거절당하고 도로 가져간, 바로 그 신권 지폐를 중요한 증거물로 들춰냈다.

"어린 년이 간첩질하는 놈 하고 거시기했다고? 에잇 더러운 년!"

또 다른 사내가 나섰다. 가까스로 몸을 일으키려는 경희에게 다가서더니 다짜고짜 경희 이마가 부서지도록 주먹으로 쳤다. 그것도 모자라 경희의 배와 다리, 닥치는 대로 발길질을 퍼부었다.

"악! 으으윽!"

경희가 비명을 질렀다. 동네 북치 듯, 화풀이 하듯, 아니 맹수를 저격 하듯, 졸지에 중죄인, 사상범이 된 경희는 뭇 사내의 매질과 함께 희롱거리, 천덕꾸러기로 추락했다.

경찰서에서 조사가 끝나 법원으로 옮기는 과정에서 어머니가 아픈 몸을 이끌고 면회 왔다. 그 한 번으로 끝이었다. 어머니 외에는 올 수도, 올 사람도 없었다. 더는 어머니를 볼 수 없게 되자 경희는 어머니 역시 고문을 당했다는 사실을, 지금도 당하고 있다는 것을 헤아리게 되었다. 전쟁이 나기 전까지 누구보다 꽃처럼 곱고 건강하던 어머니였다.

사찰계 형사 두 명은 변함없이 집으로 출근했다. 그들에게 경희 사건은 강 건너 불이었다. 사찰과 감시라는 명목으로 한 집안에 출근해서 어영부영 근무를 때우는 식이었다. 무고한 아녀자와 죄 없는 소녀 한 명이 지옥 중에 가장 험악하다는 화탕지옥火湯地獄[1]을 헤매는 것에 대해 세상은 무심했고, 민중의 지팡이인 그들 또한 냉담했다.

"우리 딸 소식 좀 들어볼 수 없을까요?"

어머니가 답답해서 물어볼 때마다

"염려할 것 없습니다. 죄가 없으면 조사 끝나는 대로 집에 돌아올 겁니다."

무책임하고 신빙성 없는 답변이 전부였다. 어머니 혼자 무엇을 어떻게 해볼 방법이 없었다. 어머니는 우선 몸이 성치 않았다.

어머니는 밤마다 흉몽을 꾸었다. 병석에서도 꿈만은 선명했다. 바다 물빛이 온통 시커맸다. 황토색도 아니고 옅은 회색도 아닌 것이 오물 덩어리가 꽉 들어찬 시궁창 같았다. 그 시궁창의 깊이 또한 헤아릴 수 없이 깊었다. 그 시궁창에서 시커먼 물체가 두 손과 두 발을 휘두르며 헤엄치고 있었다. 헤엄이 아니라 혼신의 발버둥, 살려 달라는 몸부림이었다. 머리도 얼굴도 형상이 뚜렷하지 않은 물체가 시커먼 바닷물 속에서 처절하게 발버둥치던 모습이 떠올라 어머니는 잠을 이룰 수가 없었다.

---

1 화탕지옥: 불교에서 말하는 10대 지옥 중 하나. 초강대왕의 심판을 통과하지 못한 죄인들을 펄펄 끓는 솥에 삶아 죽이는 곳이다. 부처의 금계를 깨뜨린 이, 중생을 죽여 고기를 먹은 이, 불을 질러 많은 생물을 죽인 이가 가는 지옥을 말한다.

밤이 두려웠다. 생각할수록 꿈이 무서웠다. 전신으로 식은땀이 죽죽 흘러내렸다. 어쩨야 한단 말인가. 내 몸이 죽어 없어진다 해도 딸을 살려내야 한다! 내가 이대로 죽으면 누가 내 딸을 살려낼 수 있단 말인가. 아니다. 나는 안 죽어, 죽을 수가 없어! 어머니는 입술에 피가 맺히도록 이를 꼭 악물었다. 분연히 병상을 떨치고 일어났다.

어머니는 무심천 건너에 있는 원능골 집과 임야를 매매하기로 작정했다. 어머니의 이종 언니 해명海鳴 스님이 토굴을 꾸리고 정진하고 있는 그 근처의 전답까지 합치면 ○만평이 넘는 대지였다. 그 대지는 예전부터 C시의 유지들이 학교 부지로 점찍고 잔뜩 눈독을 들이던 요지였다. 그것을 팔자. 딸을, 경희를 구출해야 한다. 돈이 필요하다.

어머니는 이른 새벽, 사람을 시켜 원능골 해명 스님에게 편지를 보냈다. 큰돈이 필요하다. 혹 해명 스님의 주변에 땅을 매입하고자 하는 분이 있으면 연결해달라는 내용이었다. 급하게 휘갈겨 쓴 편지에는 회한과 원통함이 진득하게 배어 있었다.

'아무도 눈치채지 않도록 해 달라'는 당부가 해명 스님은 당혹스러웠다. 인구 고작 ○○만이 될까 말까한 C시였다. 시절 인심도 사나운 시기에 제법 덩치가 나가는 큰 대지를 구매할 작자가 있을까. 더구나 부역자의 땅을 아무도 모르게 처리한다는 것은 해명 스님에게 난제 중 난제였다.

어떻게 한다? 해명 스님은 골똘히 생각한다. 보통 급해서는 이런 서찰을 보낼 아우가 아니었다. 이종 아우 박순금의 남편은 죄명도 모호한 채 장시간 부재 중이고, 큰딸 경희는 정확하게 밝혀진 증거도 없이 감옥에 갇혀있다. 중병에 든 이종 아우가 어린 것들 데리고 먹고살기도 힘든다는 것을 해명 스님은 십이분 짐작하고 있었다.

"내 수소문하는 대로 기별함세! 어서 가서 경희 어머니를 잘 보살펴 주게나!"

해명 스님은 대웅전으로 올라갔다. 잠시 선정에 든 다음, 백팔 배를 드리면서 염불을 시작했다. 산속의 차가운 기온은 간데없고 해명 스님의 육신은 뜨거운 불로 지지는 듯 서서히 달구어지기 시작했다.

은사이신 ○○ 스님이 환영처럼 해명 스님의 망막에 어린다. 열반하신지 오래된 은사 스님이 오신 것이다. 이 무슨 일이오니까. 해명 스님은 목탁에 힘을 주어 더욱 세게 두들겼다.

'그대가 그리되고자 해서 된 게 아니여! 그렇게 타고난 것이여. 부처님 뜻이라면 순복해야지. 다른 길은 없어.'

젊은 날 구도의 길에서 방황할 때 은사 스님의 채찍보다 더 매서운 법어 한 마디. 고민 끝에 제 자리로 돌아오던 아픈 기억이 사무쳤다. 이런 날이 올 것이란 것을 은사 스님은 예견했던 것일까.

6·25 때 불타버린 암자에 새로 지붕을 이어 지금의 암자로 모양새를 갖추기 전까지 해명 스님이 임시로 거처하던 지리산 토굴이 떠오른다. 밤새 기도하다 밖으로 나오면 환하게 웃으며 반겨주던

지리산 달님. 그 달님은 은사 스님과 함께 해명 스님의 오늘이 있게 한 어머니 보살이었다.

해명 스님은 금강경 염불을 계속했다. 달이 떠오를 무렵 시작된 염불은 새벽이 밝아오고 진시 사시가 될 때까지 계속되었다. 염불 소리는 원능골 대밭을 지나 바람을 타고 무심천 둑으로, 멀고 먼 피안으로 울려 퍼졌다.

범소유상은 개시허망이요 凡所有相 皆是虛妄
약견제상비상은 즉견여래니라 若見諸相非相 卽見如來

우주 삼라만상이 다 부처님이고 부처님 설법인데 모든 상은 허망하다. 부처님을 눈으로 보거나 상으로 보려 하지 말고, 귀로 들으려 하지 말고, 마음으로 보라.

나지 않고 멸하지 않는 것이 곧 부처님인데, 그대들은 어찌하여 마음이 부처님이며, 부처님이 곧 마음임을 알지 못하느냐. 만약 모든 상이, 상이 아님을 알면 곧 여래를 볼 수 있느니라. 몸이 건강할 때도 또한 병들어 쇠약할 때도 부처님을 볼 수 있어야 하느니라.

부처님! 살아서 나오기 힘든 화탕지옥이 웬 말입니까. 원통하고 원통하여이다. 가엾고 가여우이다. 김경희 꽃다운 청춘이 애닲고 애닲으오이다. 그 어미와 딸을 악마의 소굴에서 건져 주옵소서. 그들의 목숨이 경각에 달려 있나이다. 이 무슨 재앙이오니까. 부처님을 형상으로만 알은 죄입니까. 찾지도 만나지도 못한 연고입니까? 두두물물이 부처님인데 이 일을, 이 어리석은 중생을 어찌하시겠습니까.

힘껏 목탁을 두들기던 해명 스님이 염불을 멈추었다. 해명 스님
이 가슴을 펴고 고개를 들어 연화대의 부처님을 우러러보았다. 눈
물이 비 오듯 쏟아져 해명 스님의 잿빛 법복을 적신다. 보이는 것
들리는 것이 없을 정도로 눈물이 앞을 가렸다.

"스님! 여기 계시오니까? 아랫마을 장수將帥 어르신께서 찾아 계
십니다!"

해명 스님의 귀에 무슨 울림이 온 것 같기는 하다. 그런데 그것
이 무엇을 의미하는지 얼른 입력이 되지 않았다. 해명 스님은 삼천
대천세계를 아우르는 부처님의 법에 깊이 들어가 있었다.

일체유위법이 여몽환포영이며 一切有爲法 如夢幻泡影
여로역여전이니 응작여시관이니라 如露亦如電應作如是觀

무엇을 더 희구하고 갈망하며, 더 무엇을 움켜쥐고 착에 머물러
내 것 네 것을 시비하겠는지요. 천하 만물이 꿈이요 물거품이며 그
림자 이온데, 번갯불이며 뇌성이거늘 부처님 보는 자가 부처요, 부
처가 있는 곳이 극락이라 하지 않더이까.

해명 스님의 금강경 염불은 지칠 줄을 몰랐다. 금강경이란 경명
은 금강金剛 즉 '다이아몬드와 같이 견고하고 날카롭고 빛나는 깨
달음의 지혜로 모든 고통과 번뇌로부터 해탈 경지에 이르는 가르
침'이라는 의미를 담고 있다. 금강경은 반야부에 속하는 600권의
경 가운데 577번째의 경으로, 반야시般若時에 설하신 경 가운데서

도 비교적 초기의 것에 해당한다. 금강경에는 초기 불교에서 볼 수 있는 부처님의 생생한 깨달음이 살아 숨 쉬고 있으면서도 대승불교적 요소를 느낄 수 있다.

5,150여 자로 구성된 것으로, 260여 자로 이루어진 반야심경보다 긴 경이다. 화엄경이나, 법화경 등과는 비교할 수 없을 정도로 소박하고 진솔함을 느낄 수 있다. 공의 깨달음에 가장 밝은 부처님의 십대제자 중 한 분인 해공제일 수보리존자와의 문답 형식으로 된 경으로, 공의 관념을 대전제로 하고 있으면서도 '空' 자는 한 자도 찾아볼 수 없다. 반면에 금강경은 보시, 인욕, 지혜에 관하여 자상하게 설하고 있다. 중국 선종의 개조인 육조 혜능은 '응당 머무는 것이 없이 그 마음을 낼지니라'[2]라는 대목을 듣는 순간 크게 깨우쳤다고 전한다.

대체 한춘경 그자는 나이도 먹고 학교 선생 노릇을 하면서 어떤 심사로 어린 경희를 사지로 끌고 간 것인가. 금강경의 공 사상, 보시 인욕 지혜에 관하여 깨닫기는커녕 하루아침에 감옥에 갇힌 경희의 목숨은 바야흐로 바람 앞에 놓인 등불이나 마찬가지 아닌가. 그 어미의 형편은 또 어떠한가.

해명 스님은 금강경 염불에 심취하여 오시, 미시가 기울고 있음도 헤아리지 못한다. 온 우주법계 유정 무정이 해명 스님의 금강경 염불 소리에 놀라 술렁술렁 요동치고 있었다.

"스님! 장수 어르신이 뵙자 하십니다!"

---

2 『金剛經』 莊嚴淨土分 第十, 應无所住 而生其心.

시자가 다시 와서 말했다. 두 번 세 번 거푸 말했다. 법당 안에서
는 여전히 목탁 두드리는 소리와 염불 소리만 들려올 뿐이다. 해명
스님은 바깥 기척을 무엇이 무엇인지 미처 헤아리지 못하고 있다.

장수 어르신은 6·25 전쟁 때 부상으로 한쪽 다리에 의족을 끼
운 이승천李昇天 씨였다. 부상당하고 나서 머리카락이 한 올도 남
지 않고 다 빠질 만큼 그의 부상은 참혹했다. 여름 전투에서 밀리
게 되자, 후퇴하는 순간 적진에서 날아온 수류탄에 많은 전우들이
유명을 달리했다. 부상자도 부지기수였다. 그는 여차하면 고관절
까지 절단해야 하는 심각한 부상이었다. 계속 후퇴하는 와중에 수
술을 시행할 수도, 약을 처방받을 수도 없는 극한상황에서 그의 상
처는 여름 더위에 푹푹 썩어갔다. 설상가상으로 산속 진지의 습도
와 열기가 더해져 상처 부위에는 구더기가 쓸기 시작했다. 가을 초
입에 들어서면서 전세가 유리하게 돌아갈 무렵 후방으로 이동하게
되어 그는 가까스로 왼쪽 다리를 절단하고 목숨을 건질 수 있었다.

그는 대인이었다. 불운을 감사히 받아들였다. 숨을 쉴 수 있고
한쪽 다리라도 움직일 수 있는 것을 천행으로 여겼다. C시의 시민
들은 그를 가리켜 장수 어르신이라고 불렀다. 장군 계급은 아니었
어도 그는 제대 후 오직 국가와 국민의 안전을 도모하는 육영사업
에 앞장섰기 때문이었다. 이승천 씨는 본시 그 지역의 재산가였으
며 숨은 애국자였다.

"무슨 일인가?"

해명 스님이 가까스로 몸을 일으켜 법당 밖으로 나왔다. 한낮의

태양이 원능골 뒷산에 머물러 불을 밝힌 듯 환했다.

"아, 스님 여기 계셨군요!"

이승천 씨가 밝은 웃음을 보이면서 법당으로 다가왔다. 그의 의족이 법당 마당에 깔려 있는 작은 돌에 걸리적거리자 몸 중심을 잡으려고 애를 쓰는 모습이었다.

"거사님! 예까지 어인 일로?"

해명 스님이 댓돌에 내려서서 이승천 씨 손을 잡아주었다.

"내 방으로 모시게!"

행자 스님에게 일렀다. 행자 스님이 이승천 씨를 부축하여 법당을 가로질러 범종각 아래 있는 내실로 안내했다. 시자가 차를 내왔다.

"거사님 차를 드시지요! 지리산 수월 보살님이 보내오신 발효차라 향이 좋습니다."

해명 스님은 이승천 씨의 방문이 궁금했다. 차가 몇 순배 돌고 나서 해명 스님이 먼저 운을 떼었다.

"거사님! 소승에게 무슨 긴한 말씀이라도?"

해명 스님은 늘 조심스럽다. 특히 이승천 씨 앞에서는 더욱 그랬다. 그가 6·25 전상자여서가 아니다. 그보다 그는 해명 스님이 보기에 신심이 두터운 불자, 즉 신해행증信解行證의 표상처럼 보였다. 일생을 스님으로 살아온 해명 스님이 때때로 부끄러움을 느끼게 되는 분, 부처님 당시의 유마힐維摩詰 같은 성자였다.

릿챠비 족의 수도인 바이샤리(Vaisali, 비사리) 성에 살고 있는 덕 높은 부호장자 유마힐은 재가 신자로 유마거사라고도 부른다.

유마힐 거사는 부처님의 제자와 보살들과의 대화를 통해 대승의 세계는 조금도 차별 없는 절대 평등의 세계, 불이不二의 경지임을 가르쳤다.

유마힐은 비록 재가의 거사이지만 불교의 깊은 뜻을 통달하고, 오래도록 부처님의 가르침에 따라서 그 마음은 원숙하고 맑아 대승의 가르침에 나아갔다. 온갖 것을 행함에 있어서는 바르게 생각하고 헤아렸다. 부처님과 같은 위의威儀에 주하여 마음의 크기가 큰 바다와 같으므로, 모든 부처님들이 칭찬하고 부처님의 제자와 제석천, 범천, 사천왕의 존경을 받았다고 한다. 유마힐 장자를 닮은 이승천 씨가 어렵게 말문을 열었다.

"제가 땅을 사고 싶습니다. 학교를 지으려고요. 전쟁으로 전 국토가 병들고, 국민의 마음이 황폐해진 차제에, 인재양성의 필요성이 더욱 절실하다고 보아 오래전부터 마땅한 부지를 물색하고 있었습니다."

후우!…….

해명 스님이 가만히 큰 숨을 내쉬었다.

"청소년들에게 기술 교육을 시킬 수 있는 종합기술학교를 세우려고 합니다. 머지않아 산업시대, 정보화시대에 이어 4차산업시대가 도래하리라고 봅니다. 차제에 앞으로의 교육은 기계설비, 건축, 디자인, 전자, 통신, 로봇, IT, 조선, 항공 등, 다양한 기술을 중심으로 실용성 있게 이루어져야 할 것으로 관측됩니다. 과목마다 실습실이 있어야 하니까 넓은 대지가 나서야 하는데, 혹 스님께서 알고 계시는 곳이 있으면 추천을 해주시면 합니다."

아!

해명 스님은 말문이 막혔다. 아, 소리 외에 다음 말이 입술 밖으로 터져 나오지 않았다. 뜻밖이었다. 학교를 지으신다? 특별한 발상이었다. 부처님의 자비원력이 움직인 결과가 아니고 이 무엇이란 말인가!

"왜 말씀이 없으십니까? 혹 제가 무슨 결례라도?"

이승천 씨가 무겁게 말했다.

"아, 아닙니다. 거사님!"

해명 스님은 더 주저할 이유가 없었다. 그러나 모든 일에 순서가 있는 법.

"거사님!"

해명 스님이 말을 끊었다. 한참을 생각하는 눈치더니 이내 입을 열었다.

"거사님께서도 대강 아시겠지만 제 아우가……."

해명 스님은 땅의 주인, 땅의 위치와 평수에 대해 아는 대로 소상하게 설명했다. 큰딸 경희를 구하기 위해서 대지를 매각하기로 마음먹은 이종 동생에게 이건 희소식이 아닌가. 해명 스님이 말을 이었다.

"아시다시피 그 대지가 현재 주인 부재인데요. 계약하시자면 시간이……."

해명 스님의 말뜻을 이승천 씨는 헤아릴 수 있을까. 그 땅임자가

부역한 일도 없으면서 서류상의 부역자로 내몰려 도피 중이라는 사실을,

"계약하신다고 하면 계약금 일부를 먼저 드릴 수 있습니다."

이승천 씨는 경희네 사정을 잘 알고 있는 것일까. C시에서 김승환 씨 집안 사정을 모르면 그건 C시의 시민이 아니었다. 그렇다 할지라도 이승천 씨의 출현은 세간의 음성을 다 듣는다는 천수천안 관세음보살의 출현이나 다를 바가 없었다.

"잘 생각해보시고 연락해주십시오!"

해명 스님은 절 문밖까지 이승천 씨를 배웅했다. 이승천 씨의 시자가 그를 부축하여 차에 태우는 것을 보고서야 해명 스님은 내실로 돌아왔다.

저녁 해가 어슬어슬 지고 있었다. 안개가 소리 없이 온 누리를 덮으면서 동쪽으로부터 하얀 반달이 희미하게 그 형체를 드러냈다.

"여기, 김경희 영치금입니다!"

어머니는 허위허위 탑동 언덕에 있는 화탕지옥의 현주소, C시의 형무소를 방문했다. 해명 스님으로부터 계약금의 일부를 받았다는 전갈과 함께 거액이라 할 수 있는 큰돈이 어머니의 수중에 들어왔다.

명의는 남편 이름으로 올라있지만 어머니가 친가로부터 물려받은 땅이었다. 어머니의 조상은 대단한 땅 부자에 속했다. 대대로 신심 깊은 불자 집안이기도 했다.

어머니는 그 땅에 사찰이든, 학교든 짓고 싶었다. 자식들이 웬만큼 자라면 어머니가 직접 나서서 그 사업을 실행에 옮겨 볼 원대한 꿈을 가지고 있었다.

모름지기 인간 교육은 유치원 과정부터 바로잡아야 한다는 게 어머니의 지론이었다. 어머니의 뜻은 종교보다는 교육, 육영사업에 더 가까이 다가가 있었다. 그 땅이야말로 교사 출신인 어머니에게 미래의 꿈을 펼칠 수 있는 꿈의 요체였다. 전쟁이 원수였다. 난리가 난리도 아니게 집안을 회오리바람처럼 폐허로 만들었다. 학교고 절이고 그것은 사람이 먼저 살고 본 다음의 일이었다. 어머니는 딸의 생명을 살리기 위해 자신의 꿈을 내려놓은 것이다.

어머니가 C시의 형무소에 찾아간 날은 공교롭게도 형무소 내의 작은 사고로 인해 면회가 금지된 날이었다. 그날뿐 아니라 당분간 수감자 면회는 어렵다고 했다. 면회를 아무 때나 하는 것이 아닌 것을 어머니가 왜 몰랐으랴! 어머니는 오직 딸의 생명을 구하자는 한마음뿐이었다.

"아주머니! 이렇게 많은 돈을 차입하실 겁니까?"

창구에서 접수를 보는 직원이 물었다.

"책도 사보고, 맛있는 것도 많이 사 먹을 수 있게 배려 좀 해주십시오!"

어머니가 젊은 남자 직원에게 굽실거렸다. 앞치마를 들추고 속주머니에서 미제 담배 펄멀 한 보루를 꺼내 그에게 주었다.

"잘 부탁합니다!"

집으로 돌아온 어머니는 2차로 이번에는 이웃에 사는 W변호사 사무실을 방문했다. 본정통으로 걸어가다가 H극장으로 들어가는 큰 골목 왼쪽에 W변호사 사무실이 있었다.

"우리 딸은 난리 통에 식구들 굶기지 않으려고 우체국에 일을 하러 간 죄밖에 없습니다. 우리집 양반도 안 계시고 에미는 앓아 누웠으니, 그 어린 것이 식구들을 먹여 살리겠다고 취직한 게 무슨 잘못입니까? 우리 딸은 그런 엄청난 일을 저지를 아이가 아닙니다. 옳고 그른 것을 너무나 잘 아는 영리한 아입니다."

어머니는 입에 침이 마르도록 중언부언했다. W변호사가 무겁게 입을 열었다.

"잘 압니다. 그걸 왜 제가 모르겠습니까? 사모님에게 수임료로 이렇게 큰돈을 받아야 할지 저도 송구스럽습니다. 힘닿는 한 댁의 따님에게 유리한 결과가 오도록 최선을 다해 변론하겠습니다."

W변호사는 어머니가 가방에서 꺼내놓은 돈뭉치를 확인하더니 서랍에 넣고 열쇠를 채웠다.

"W변호사님께서 우리 딸을 꼭 무죄로 석방시켜 주십시오. 한춘경의 진술이 말짱 거짓이라는 사실을 밝혀 주십시오!"

어머니는 반복해서 애원했다.

"저도 수사상의 허점을 밝혀내야 한다고 회의 석상에서 지적했습니다."

홍수 후에 강물 빠져나가듯이 땅 판 돈은 빠르게 대폭 줄어들고 있었다. 땅 판 돈이 아니라 어머니 가슴에서 길어 올린 생명수를 무한정 퍼붓고 있는 것 같았다.

W변호사 사무실을 나온 어머니는 K변호사 사무실로 갔다. K변호사는 대성동으로 이사 오기 전에 그도 역시 W변호사네와 마찬가지로 옆집에 산 각별한 사이였다. 그 댁에도 딸을 줄줄이 낳아 딸 부잣집이었다. 어렸을 때 두 집을 오기면서 아이들은 함께 뛰어놀았다.

K변호사 저택은 적산가옥으로 집 건물도 넓고 크지만, 정원에는 수목원처럼 각종 진기한 나무와 화초가 많았다. 창포꽃이 피어나는 연못 가운데 큰 산 모양을 띤 큰 바위도 있고, 봄 가으내 꽃이 피는 아름다운 정원이었다. 정원 한 모퉁이에서 사람보다 더 큰 거위 한 쌍이 어머니 박순금 여사를 보고 꽥, 꽥, 짖었다.

"어서 오시지요!"

턱이 두 개로 보일 만큼 비대한 K변호사가 먼저 나와 어머니를 집무실로 안내했다. 집무실 책상에 놓인 난 화분과 백자 도자기가 어머니는 놀라웠다. 앞이 안 보이는 사회불안 속에서도 변호사 영업은 탄탄대로처럼 보여 아연했다.

"심려 많으시지요? 어떻게 댁의 따님에게 그런 일이 일어날 수 있습니까? 우리 모두 시국을 잘못 타고난 죄지요."

우리 모두? 우리 모두라고?

어머니는 그의 말에 눈시울이 뜨거워졌다. 피난을 가고 못 가고의 차이가 지옥과 천당만큼이나 엄청났다. 전쟁이 터지고 사흘도 못 가 한강 다리가 폭파되지 않았더라면 남편 김승환 씨가 피신하고 경희가 투옥되는 불행은 결코 일어나지 않았을지도 모른다.

'상습적인 작은 도발이다. 막강한 국군이 용감하게 잘 싸우고 있다. 길에 나다니지 말고 맡은 바 일에 충실하고 군 당국에 협조하라'

허위 방송을 액면 그대로 믿고 낙관한 사람들에게 닥친 재앙이었다. 어머니는 목을 빼고 분초를 세며 남편 돌아오기를 기다리다 졸지에 온 가족이 중죄인이 된 것이다. 들기로는 한강 다리가 폭파되는 순간 수많은 피난민과 전선에서 후퇴하던 국군 용사들이 산산조각으로 산화했다고 했다.

"저는 그저 K변호사님만 믿겠습니다. 이웃에 살던 정리를 생각하셔서라도 우리 딸을 구해 주십시오!"

어머니가 돈뭉치 보자기를 K변호사 책상에 얹어놓았다. 손으로 들기에도 제법 무게가 나가는 큰 액수였다. 이런 일이 생기려고 C시에서 제법 유명세를 타는 변호사네와 앞뒷집에 살았더란 말인가.

"죄가 없는데 죄를 씌우는 것은 법치국가에서 있을 수 없는 일입니다. 진상을 정확히 밝혀내도록 노력하겠습니다."

K변호사의 말에 자신감이 묻어났다. 어머니는 K변호사 집무실을 나와 본정통으로 주춤거리며 걸어갔다. 순간 어머니의 머릿속이 하얗게 비면서 어질어질했다. 무릎이 힘없이 구부러졌다. 전쟁이 발발한 그날부터 수년 동안 밥숟갈을 옳게 들어본 날이 없다. 솥에 넣고 끓여 먹을거리가 없어 굶는 날이 더 많았고, 먹을 게 있어도 집을 떠나 있는 남편과 감옥에 간 큰딸 생각에 밥알이 목에 걸려 넘어가지 않았다.

어렵게 변호사를 선임했으나 경희는 C시 지방법원에서 3년 징역, 1년 6개월 집행유예를 선고받았다. 어머니는 승복하지 않았다. 묘령의 처녀 목숨을 가볍게 알아도 유분수지 이건 말도 안 된다. 이놈들아! 증거를 대란 말이다. 내 딸 경희가 무슨 죄를 지었는지.

어머니는 서울고등법원에 상고했다. 시내 중심가의 집을 팔고 작은 집으로 옮겨 앉았다. 그 돈 역시 서울의 새로운 변호사를 선임하는 데 사용하기 위해서였다.

경희는 C시 탑동 형무소를 떠나 서울 서대문 형무소로 이감되었다. 어머니 박순금 여사는 C시가 아니라 통일호 기차를 타고 다니며 재판을 보러 가야 한다.

경희의 서울고등법원 상고와 더불어 집안은 어떤 가능성과 기대로 조금씩 밝은 분위기가 싹트기 시작했다. 경희는 C시 탑동 형무소에서 서대문 형무소로 이감되고부터 주로 어머니가 차입하는 서책을 읽으며 나날을 보내는 실정이었다. 손바닥만한 감방 창문을 통해 가끔은 푸른 하늘을 바라보기도 하고, 주먹밥이든 콩밥이 되었든 주는 대로 받아먹었다. 운명에 순응하는 어린 소녀의 슬픈 자화상이었다. 걱정할 일은 밤에 잠자다가 비명을 지르는 일이었다. 가끔 소름 끼치는 일이 벌어진다고 담당 직원이 전했다.

"아마도 긴장이 풀리면서 나타나는 현상 같습니다."

서대문 형무소의 사상범 담당 직원은 C시에서 서울로 이동하면서 상황이 호전하자 지난날들의 구타와 학대, 고문의 여파가 나타나는 것이라고 추정했다. 그 한 가지를 빼면 경희의 수감생활은 비교적 양호하다고 말했다.

경희는 원능골의 ○만여 평 땅 외에, 무심천 건너 모충동의 텃밭 딸린 평수 넓은 기와집과 내과 의사에게 세놓은 석교동 이층집, 도합 집 두 채를 더 팔아 올린 다음에야 서대문 형무소를 출옥할 수 있었다. 무죄 석방이었다. 사건이 터지고 나서 무려 4년여 만이었다. 어머니의 완전 승리였다.

전쟁이 발발하고 나서 무쇠같이 연단되고 강해진 것은 어머니 박순금의 성정이었다. 남편 가출과 딸의 투옥으로 세상과 사람을 대하는 태도에 천지가 놀랄 만한 변화가 일어난 것이다. 동시에 황금의 위력과 그 앞에서 천차만별, 변화무상한 양태를 보이는 세간 심리에 대해서도 어머니의 기존 사고방식에 큰 소용돌이가 일어났다. 그러나 그 무렵 어머니의 건강은 급속도로 하향곡선을 그리고 있었다.

이른 아침 재선의 차에 타고 밖에 나간 며느리가 감감소식이다. 전화 한 통화 없다. 시어머니 윤 씨는 애가 터졌다.

"에미가 이거 무슨 일이냐? 너 민우 애비에게 전화 좀 해보아라. 온 궁금해서 살 수가 있어야지."

민우는 잘 놀다가 보챘다. 어린 마음에도 엄마가 오래 안 보이는 게 걱정인가보다.

"오, 오냐 그래! 아가, 밥 먹자!"

시어머니가 민우를 달래는 소리가 전화기에 울려 나왔다. 재선은 누이의 전화를 받자마자 재빠르게 웃옷을 걸치고 회사를 나섰다. 짐작이 가는 대로 그는 숭인동으로 차를 몰았다. 골목 입구에 차를 세워놓고 큰 바윗길을 경중경중 뛰다시피 올라갔다.

"학교에서 돌아오니 어머니가 안 계셨어요, 옆집 할머니가 그러시는데 어머니는 대학병원에 실려 가셨대요!"

산비탈 숭인동 집엔 문혜 혼자 집을 지키고 있었다. 재선은 화급히 대학병원으로 차를 몰았다.

"원! 무슨 이런 애가 다 있어. 시에미는 관두고라도 민우를 생각해서라도 집에 전화는 한 번 해줘야 할 것 아닌가."

시어머니 윤 씨의 목소리는 화가 나 있다.

"미인 타령에 집 기둥 무너지는 것 불 보듯 환한 거지."

재임은 올케에 관한 한 너그럽기는커녕 매사 트집이다.

"넌 무슨 소릴 그렇게 나불대니? 니 올케가 잘못 되기라도 했다는 거냐?"

시어머니가 딸에게 역정을 냈다.

"친정집이 보나 마나 뭔 사단이 생긴 집일 거야. 그렇지 않고서야 상처한 우리 동생에게 시집올 리가 없잖아요. 올케가 그 잘생긴 인물 가지고 뭐는 못 하겠어. 전국미인대회인지 뭔지 거기도 나갔다면서."

재임의 입은 험구로 단련된 듯 걸핏하면 경희를 물고 늘어졌다. 시어머니와 시누이가 티격태격하고 있을 때 초인종 소리가 들렸다. 부엌 아줌마가 달려 나갔다.

재선이 아내를 부축하고 현관으로 들어섰다. 민우가 아빠 엄마의 기척을 알아차리고 시어머니 품에서 빠져나오려고 버둥거렸다.

"집사람은 잠시 안정을 취해야 할 것 같아요. 어머니 먼저 식사하세요. 저는 좀 있다 집사람하고 같이 먹겠습니다."

재선이 경희를 안고 이층으로 올라갔다.

"홍! 내 말이 맞나 틀리나 금방 판가름이 나겠는 걸요. 난 잘생긴 년들 하나도 부럽지 않아. 복이 첫째야."

재임은 박용덕 사장의 2남 1녀 중 맏딸이다. 아들 형제와는 다르게 재임은 성격이 까칠한 편에 속했다. 그녀의 까칠한 성격은 외모에서 오는 열등감 때문인지도 모른다. 무엇 하나 부러울 것이 없는 유복한 환경에서 자란 그녀의 모난 성격은 이해하기 어려운 점이 있었다. 시어머니는 소박맞고 집으로 돌아온 딸이 안쓰럽기는커녕 부담스럽다. 그 입 때문이었다.

"홍! 며느리도 자식이라고 두둔하시는군요! 암, 딸보다 며느리지! 제삿밥 얻어 자셔야 하니까."

고약한 것…… 쯧쯧.

시어머니와 시누이는 밥상을 물리고 거실에 나 앉았다. 민우가 어미의 곤경을 아는 듯 시어머니 품에서 순하게 잠이 들었다.

경희가 기력을 회복하자 재선은 아내와 함께 대학병원으로 갔다. 복도 의자에는 이른 아침부터 부지런한 환자들이 대기하고 있었다. 내과 병동 507호실에서 박순금 이름자를 확인하는 순간 경희는 눈물이 북받쳤다. 병실 안으로 들어온 재선과 경희는 암담했다.

"어머니! 저희가 왔어요!"

경희가 어머니를 부른다. 어머니는 아무 움직임도 없다. 이불 속에 파묻혀 있다. 깊은 적요였다. 숨소리도 들리지 않았다. 아, 어머니! 경희가 탄식한다.

어머니의 병은 입원 초부터 거의 모든 의료 당사자들이 손을 놓은 상태였지 않은가. 그 누구도 어머니가 소생할 거라는 확신을 갖지 못했다. 뼈가 녹는다, 뼈가 부스러졌다는 사실은 수년 전 C시 외곽에 위치한 ○○한의원 노 의사의 진단이었다. 그 진단 그대로 X-RAY 상으로도 의심 부위가 뚜렷하게 잡히지 않아 의료진들은 애를 먹었다. 링거주사도, 수혈도 할 수 없었다. 환자의 오장육부는 꼬여 있고 심하게 부식되어 혈관도 제 기능을 하지 못한다고 했다. 어머니는 그 상태로 살아있다는 자체가 기적이었다.

"당신! 여기 어떻게 있겠어? 병실은 간병 아줌마를 구해볼 테니 당신은 집에 가서 쉬어요!"

경희는 집으로 돌아가는 데 동의했다. 자신이 병실에 남아 있어도 어머니를 위해 할 수 있는 일은 아무것도 없었다. C시에서 서울로, 서울에서 C시로 수십 차례 기차 타고 오르내리면서 땅을 팔아 변호사를 선임하고, 재판정에 나아가고, 발이 닳도록 큰딸의 석방을 위해 뛰었던 어머니는 병상에 붙여놓은 박순금 그 이름표보다 존재감이 더 없어 보였다. 경희는 어머니의 임종이 한 발 한 발 다가오고 있음을 통감했다.

경희가 집에 돌아왔다. 그녀의 얼굴은 창백하고 어두웠다. 재선이 경희를 안고 현관에 들어서자 시누이의 화살이 날아왔다. 재선은 아내를 침대에 누이고 이불을 덮어 준 후 일층으로 내려왔다.

"애 엄마가 밤낮 병원이나 쫓아다녀서야 집안 꼴이 뭐가 되겠어? 우리 집에 백설 공주가 환생하셨네! 어휴, 어머니는 시집살이를 거꾸로 살아요."

재임이 야유했다.

그리고 사흘 못 가 경희는 어머니의 부음을 들었다. 아버지의 장기 부재는 어머니의 한의 원천이 되었을 것, 어머니는 한이라는 병을 앓으며 화탕지옥을 헤매다가 생명의 닻을 내린 것이다. 찬바람이 술렁거리는 겨울 초입이었다.

고향 가는 길

어머니 박순금 여사의 사망 며칠 전이었다. 사찰계 형사 두 명이 어머니 앞에 머리를 조아렸다. 그들은 김승환 씨의 죄과가 진즉에 사면되었다고 통보했다. 그들은 김승환 씨 행방을 백방으로 수소 문했으나 알 수 없다고 했다. 이제 와서 사면이 무슨 의미가 있을 까. 애초 죄가 없었거늘. 김승환 씨와 아무런 원한도 없는 그들이 자발적으로 경희네 집에 머문 것이 아니지 않는가. 아무 승산도 없 는 남과 북 이데올로기 전쟁의 부산물이 아니던가.

어머니의 마지막 보루는 무너졌다. 김승환 씨의 소식 두절, 장기 부재는 어머니의 생명을 사정없이 공략했을 가능성이 높았다. 설 사 뼈가 으스러져 피부에 협착되어 오장육부가 제 기능을 못 한다 할지라도 생명의 신비함. 그 어떤 것도 관여하지 못하는 하늘의 비 밀한 치유법이 내재하는 것이 아니겠는가. 인간의 영육을 창조한 조물주의 신통한 묘법 같은 것. 삶의 강한 의지로 치명적인 중병인 경우에도 생명의 연한을 연장시키는 일은 비일비재하게 일어나지 않던가.

각종 첨단 의료장비나 신기에 버금가는 의술로서가 아니라 인간의 마음 작용, 즉 일체유심조의 원리, 일심一心의 신이神異가 적지 않게 일어나는 예도 있었다. 경희는 어머니에게 그런 요행을 바랐는지도 모른다.

전국을 수소문하였으나 찾을 수 없다는 경찰의 통보, 아버지의 행불에 절망한 어머니가 모진 생명줄을 스스로 놓아버린 것일게다. 던져버린것. 살기 위한 몸부림을 멈춘 것. 어머니의 죽음보다 무거운 절망을 그 누구도, 그 무엇으로도 희망으로 환치시킬 수는 없었던 것이리라.

재선은 아내에게 불운이 발생하는 것을 용납할 수 없었다. 불을 보듯 그 귀추가 눈에 선했다. 재선은 경희를 잃을 수는 없었다. 그런 일은 상상할 수도, 일어나서도 안 된다. 첫 번째 부인이 소생도 없이 일찍 떠난 것은 불행 중 다행이었다. 아내에게 전실 자식으로 인해서 미안하지 않아도 되니까. 그러나 그의 마음이 매양 편안한 것은 아니었다. 주변에서 사랑하는 이들이 그의 곁을 떠나갔기 때문이다.

재선은 그들의 불행에 대해서 깊이 성찰했다. 그들의 불행은 곧 재선 일가와 자신의 불행과 맞닿아 있었다. 그는 아버지 박용덕 사장의 사회사업에 동참하기로 결단을 내렸다. 삼부자는 수시로 만나 그 일을 토의하고 진행시켰다. 그들 삼부자의 가슴속에 큰 꿈이 잉태되고 있었다. 생계가 어려운 이, 마음이 가난한 이, 영혼이 병든 이들을 위해 자본과 지혜를 투자하여 뭇 생명을 살리는 일이었다.

우선적으로 박씨 집안에 온 두 명의 며느리, 현생을 못 견뎌 이 승을 떠난 여금숙과, 살아있으나 늘 어둠의 세계에서 자유롭지 않은 경희를 측은히 여기는 자비심에서 출발했다고도 볼 수 있었다. 훌쩍 현실을 떠나서 영혼의 휴식을 누릴 수 있는 곳, 마음공부와 영혼 치유를 할 수 있는 터전, 그것이 그들이 낳고 자란 고향 땅이라면 더 좋을 것이라는 결론이었다.

마침 종합기술학교 이사장 이승천 씨로부터 근방에 마땅한 대지가 있다는 기별이 왔다. 박용덕 사장은 사람을 보내어 그 대지를 즉시 매입하도록 지시했다. 더 생각해보고 말고 할 필요가 없다고 판단했다.

이승천 씨는 흔히 불가에서 말하는 관무량수경觀無量壽經[1]의 상, 중, 하 세 가지 유형 중에 그는 상품 근기에 속한다고 박용덕 사장은 굳게 믿고 있었다.

관무량수경에 의하면, 중생들은 성품根機이 서로 다르기 때문에 싱, 중, 하 3등급으로 나누고, 이를 다시 세분화하여 9등급으로 나누어서 각 사람에게 알맞게 설법해야만 구제할 수 있다고 한다.

서방 극락 세계에 왕생할 중생들의 수행 단계를 아홉 가지로 분류한 것을 구품중생九品衆生이라 하고, 9품은 다시 상품, 중품, 하품으로 나뉘고, 각 품을 다시 상생, 중생, 하생으로 나눈다. 9품 각각에 해당하는 가장 으뜸인 상품 근기는 상품상생上品上生으로, 이는

---

1 관무량수경은 정토 삼부경의 하나인 정토종의 근본 경전으로, 송나라 강양야사(畺良耶舍)가 번역하였다. 식가모니가 마가다 국왕 빈파사라의 왕비 위제희(韋提希)에게 설법한 극락왕생의 가르침으로, 아미타불과 극락의 모양을 말한 내용이다.

자비심이 많아서 살생을 하지 않으며, 방생을 많이 하고 계를 여법하게 지키고, 대승 경전을 항상 읽고 독송한다고 경전에 전한다.

박용덕 사장의 안목으로 볼 때 이승천 씨의 근기는 틀림없이 구품 근기 중에서도 상품상생, 아니 그 이상이었다. 이승천 씨의 등장은 박용덕 사장이 추진하고자 하는 사회사업에 하늘이 돕고, 땅이 돕고, 더하여 사람이 돕는, 이른바 천리, 지리, 인리를 다 통합한 양상이었다.

어머니의 장례를 치르고 나서 경희는 깊은 나락으로 곤두박질쳤다. 회한과 비통이 전부였다. 어머니의 몸은 6·25 한국전쟁 발발 이후 이미 죽음과 짝하고 있었던 것이다. 젊은 아녀자가 남들처럼 피난도 못 가고 하루아침에 적 치하로 둔갑한 C시의 집에서, 강제에 의해 동네 사람들을 모아 전선의 인민군에게 보낼 미숫가루를 볶아내지 않았는가. 어머니를 죽음으로 휘몰아간 것은 어느 한 개인이 아니라 남과 북의 극단적인 대치 상황, 이데올로기의 광풍이었다.

죽음 뒤에 좌니 우니 하는 이데올로기에 대하여 무슨 투쟁, 무슨 가치를 논할 명분이 있단 말인가. 죽은 자에게는 공산주의도 민주주의도 존재하지 않는다. 아예 하늘나라에는 그런 논의조차 부질없는 것이다.

우주적인 시각에서 사면은 무엇이고 아버지의 행불은 어떤 의미인가. 아버지가 왜 사면을 받아야 한단 말인가? 아버지의 행불은 엄밀한 의미에서 타살 행위가 아니던가. C도 일원의 고정간첩단은 또 무엇이란 말인가. 그들은 누구를 위하여 간첩노릇을 했단 말인가. 종내는 감옥에 갇혀 국가 변란을 주도한 죄, 국민을 기만한 죄 등으로 낙인찍힌 채 평생을 어둠속에서 살아가야 하는 것 아닌가.

어리고 순진한 경희를 제 애인이라고 물고 들어간 한춘경의 저의는 무엇으로 설명이 가능한가. 덧없고 덧없는 일이다. 인간의 본질을 벗어나는 어떤 이데올로기도, 사명도, 분투도, 시간이 흘러가면 그 형체가 변하고 마는 한낱 뜬구름일 뿐이다.

아직은 더 보살펴주어야 하는 어린 자식들을 남겨두고 생사불명이 된 아버지와, 죽도록 고생만 하다가 이승을 하직한 어머니에 대한 가없는 그리움이 경희를 때로 왜소하게, 때로 한없는 비탄에 빠지게 했다.

아! 어머니! 경희는 가만히 소리 내어 어머니를 불러본다. 어머니의 정이 뼈에 사무친다. 그립다. 어머니가 아니었다면 경희 그녀도 한춘경의 애인이라는 죄목으로 형사들의 발길에 차이며 울부짖을 때, 성적으로 감당할 수 없는 희롱을 당했을 때, 혀를 깨물어 자살을 시도했을 가능성이 높다. 그녀의 미래는 사라지고 없었다. 그들의 이유 없는 고문과 패악을 견디며 살아남을 이유를 찾지 못했다.

죄라면 소위 조사관, 너희들의 죄가 더 큰 것 아닌가. 누가 누구의 목숨을 깃털같이 가벼이 여기라고 교육 시켰는가. 죄를 지은 승거도 없고, 죄상이 정확하게 가려지지 않은 어린 여자에게 뺨을 후려치고, 공처럼 차 던지고, 살을 비틀고 꼬집고, 험한 말투로 조롱하면서 가슴과 엉덩이를 떡 주무르듯 하고, 싫다고 뻗대면 구둣발로 차버리라고 누가 종용했는가. 명령 내린 자 그는 누구인가.

그렇다면 사흘 안에 적을 격퇴한다면서, 피난 가지 말고 집이나 지키고 맡은 일 잘하라고 방송한 그 목소리의 주인공은 무죄인가. 전쟁이 발발하여 단 며칠 안에 국토가 초토화되어 피로 물들 것을 예측 못 한 죄는 누구에게 물어야 할까. 산천이여! 대답하라, 겨레를 이끄는 소위 지도자라는 이들이여, 다문 입을 열어라!

경희의 몸은 정상이 아니었다. 뼈마디와 세포 구석구석, 혈관 마디마디에 서럽고 분한 세균, 죄 없이 학대당한 세월에 대한 원통한 병증이 침투해서 그녀는 민우를 낳고 더는 생산이 어려운 몸이 되었다. 남편 재선의 지극한 사랑에도 불구하고 몸이 아프니 마음도 약해지는 경향을 띠었다.

경희에게 사상범은 어떤 망령이 갖다 붙인 죄명이란 말인가. 설사 무죄로 판결되어 자유의 몸이 되었다 하더라도 그간에 겪은 고초를 생각하면 파렴치하고 무책임한 처사였다. 분통하고 억울했다.

경희는 심신이 짓무르듯 아팠지만 예전처럼 원능골 해명 스님에게 갈 수가 없다. 그녀는 한 가정을 이끌고 있고, 해명 스님은 연로하시다. 더는 부담을 드릴 수가 없다. 그녀는 출옥 후 괴이한 병을 앓을 때 어머니 손에 이끌려 원혜암에 가던 일, 세상에서 의지할 것은 오직 자신과 진리뿐이라는 해명 스님의 자등명법등명의 가르침을 상기했다. 그녀는 참담한 현실과 맞서기 위해 병상을 박차고 일어났다. 어머니가 떠난 지 3년 만이었다. 간난 고통과 무수한 시련은 경희에게 위대한 교과서요 스승이 되었다.

"거 보세요! 미인박명이라는 말이 괜히 나온 게 아니라니까요."

틈만 나면 재임이 경희를 물어뜯었다. 부역자로 지목되어 피신다니다가 행방이 묘연한 김승환 씨의 이야기는 C시 시민 누구나다 알고 있는 기정사실이었다. 재임의 독설에서 벗어나고자 경희는 더욱 재기를 공고히 다졌다.

민우는 어미의 마음을 헤아리는지 무엇이건 가리지 않고 잘 먹고 무럭무럭 성장해갔다. 그녀에게 삶을 지탱하게 하는 원동력은 민우와 남편 재선, 그리고 무량한 자비 광명으로 회사와 가솔 전체를 위호하고 있는 시아버지 박용덕 사장에 대한 존경심이었다. 동인이야 어찌 됐든 전과가 있는 며느리, 경희에 대한 그의 이해와 아량은 무한 광대한 것이었다. 그것은 박용덕 사상의 깊은 불심과 함께 천성적으로 타고난 선한 본성에 기인한다고 볼 수 있었다. 경희에게 그는 시아버지 이전에 한 사람의 훌륭한 인격자요 선각자였으며 혜안을 소유한 인생 길라잡이였다.

"여보! 아버님이 민우 데리고 내려왔다 가라는데 당신 괜찮겠어?"

재선이 아내에게 제안했다. 경희는 자신의 심중을 꿰뚫기라도 한 듯 남편의 제안이 고마웠다. 문희가 서울에 있는 S대학으로 진학한 이후 그녀는 공식적으로 C시를 방문할 기회가 없는 편이었다.

C시는 태어나 자란 곳이어서 그리운 한 편, C시는 그녀의 청춘의 꿈을 생매장시킨 통한의 도시였다. 가고 싶다고 해서 아무 때나 불쑥 나설 수가 없었다. 전쟁으로 인해 아버지 어머니의 생애가 타인들에 비해 짧게 끝난 만큼 고향 C시에 대한 살뜰한 추억도 별로 없다. 하지만 그리움은 날로 더해갔다. 경희는 그 점이 못내 아쉬웠다.

"네! 저는 좋아요."

긴 병에서 소생한 경희가 맑은 목소리로 말했다. 그리운 고향을 방문하는 것이다. 한달음에 달려가고 싶었다. 꽃이 많아 꽃집, 딸이 많아 딸 부잣집으로 부르던 유년의 고향집. 어머니는 자식들을 기르는 틈틈이 꽃밭 가꾸기에 정성을 쏟았다. 아버지가 출장에서 돌아오면 집안은 늘 웃음소리로 넘쳤고 으레 잔치 한판이 거하게 벌어지곤 했다.

"문희 처제도 함께 가면 어떨까. 문희 처제 본지도 오래 되었군!"

"제가 전화할게요."

형제들이 학교를 졸업하고 앞서거니 뒤서거니 직장으로, 결혼으로 집을 떠났으나 문희는 결혼도 마다하고 오로지 학문에만 전념했다.

문희는 언니의 제안에 흔쾌히 응했다. 모처럼 학교를 쉬고 언니네 가족과 함께 고향에 가는 게 즐거웠다.

"문희 처제! 오랜만이야."

운전대를 잡은 재선의 모습은 여유, 그것처럼 보였다.

"민우 보고 싶어서 충신동에 여러 번 가도 그때마다 형부가 안 계셨어요."

"어! 그랬구나. 처제! 더러 만나는 사람은 있나?"

민우와 경희 모자는 언제부터 꾸벅꾸벅 졸고 있었다.

"어이구. 우리 사모님이 오랜만에 고향에 간다고 밤잠을 설치신 모양이네."

재선은 아들과 아내가 잠에서 깰까봐 서행으로 차를 몰았다.

"학교요? 학교생활은 다 괜찮아요. 전과 비교해서 좀 산만하고 긴장이 풀어지긴 했지만 나름 재미있어요. 그런데……."

문희는 말을 다 마치지 않고 여운을 남겼다.

"그런데? 하면 그다음이 나와야지?"

재선은 오랜만에 만난 처제가 사랑스럽고 미덥게 여겨졌다.

"그런데, 사법연수원 졸업한 분인데요. 자꾸 학교로 찾아와서 귀찮아요."

문희가 낯을 잔뜩 찡그리며 말했다.

"뭐? 귀찮다고? 처제! 그 사람 우리가, 언니하고 나하고 만나 보면 안 될까?"

재선의 목소리가 갑자기 크게 울렸다.

"싫어요. 형부하고 언니가 왜 그 사람을 만나요? 나는 싫은데."

문희의 목소리도 덩달아 높아진 듯하다.

"처제, 그 사람 어떻게 안 사람인데?"

"네. 제가 알아요. 그 사람 삼촌이 문희네 학교 영어 교사였어요. 충신동 집에도 두 번이나 찾아왔어요. 키가 훤칠하고 지적으로 생겼어요. 그런데요, 생긴 거에 비해서 구식이라고 해야 하나, 글쎄 좀 옹졸하고 고루해 보였어요."

경희가 언제 졸았더냐 싶게 참견하고 나섰다.

"어, 당신 벌써 깼어? 잠을 좀 더 자두는 게 좋을 텐데. 그런데 당신은 어떻게 한두 번 만나보고 옹졸하니 고루하니 말할 수 있어? 공연히 처제 신랑감 놓고 당신 혼자서 평가 내리지 말아요. 사법연수원 졸업이면 일단 패스야 나는!"

재선의 어투는 강경한 톤으로 들렸다.

승용차가 중부고속도로로 진입했다. C시로 가는 길은 예전에 비해 시간이 단축되고 도로 사정도 원활했다. 한 시간 남짓 달려 C시로 진입했다.

C시 외곽에 있는 형무소에서 서울 서대문 형무소로 이감하던 날, 경희는 여기가 C시에서 조치원으로 가는 플라터너스 길이겠구나 하고 가늠만 했을 뿐이다. 그래서 새삼 가슴 뭉클했다. 문희는 문희대로 가족들이 뿔뿔이 흩어져 혼자 C시에 남게 되었을 때, 이 길을 지나 서울로 간 가족들을 얼마나 애타게 그리워했던가. 그 길은 C시에서 서울로 떠날 때 반드시 거쳐 가야 하는 길이었다. 달리는 승용차 안에서 세 사람은 각자 유형이 다른 자신만의 향수에 젖어 들었다.

서문다리에 이르렀다. 아, 무심천! 무심천이 보인다. 무심하게 흘러 무심천. 문희는 무심천이 나타나자 너무나 반가워 저도 모르게 무심천 노래를 허밍하기 시작했다.

세상이 어지러워 마음 둘 곳 바이없어
막대를 이끌고서 영호를 헤매노니
무심천 밭 언덕길로 또 한 사람 지나노라

다정한 길 나그네 발을 잠깐 머물고서
무심천 흐르는 물 유심히 바라볼 제
저 물도 내 마음 알아 따라 울어 예더라.

무심천 노래는 C시에서 초·중·고등학교를 다닌 모든 이들의 애창곡이었다. 문희가 미자네 집에 머물 때 자주 부르던 노래였다. 문희는 이은상 작사 이흥렬 작곡의 무심천 노래 중에서 4절 5절을 특히 좋아했다. 가사 내용에 깊은 인생철학이 담긴 듯했다.

"처제! 음성 참 곱네. 기왕이면 큰 소리로 불러주세요."

재선이 큰 소리로 말했다.

무심천이 아니고 다른 개울이라 할지라도, 애타는 가슴 부여안고 개울가를 거니는 사람에게 개울이 뭐라고 말을 할 수 있단 말인가. 문희가 혼자 웃었다. 경희는 문희의 웃는 얼굴을 보고 덩달아 웃었다.

"처제 왜 웃어? 그래서 그 사법연수원생하고는 어떻게 되었다고? 끝내버렸다고? 나 이런! 그렇게 간단하게 끝내는 게 아니라니까."

재선은 호통을 치듯 큰 소리로 말했다.

"그 남자는 처음부터 여자가 대학 공부를 왜 하느냐고 따져요. 여자는 예쁘게만 살면 된대요. 공부한다고 고운 얼굴 늙지 말래요!"

문희는 흡사 시위대의 선봉에 선 투사 같았다. 화가 잔뜩 난 표정이 귀여웠다.

문희가 제법 컸구나. 경희는 또 한 번 웃었다.

"여보! 당신이 처제한테 한 마디 해줘요. 이거 대어, 금고기를 놔준 거 아냐?"

재선에게도 경희 문희 자매처럼 C시는 변함없는 그리움이었던가. 그는 평소에 비해 말수가 넉넉하고 기분이 고양되어 있었다.

가물다고 사방에서 아우성인데 무심천 물은 창창히 흘러갔다. C시에는 없는 바다도, 강도, 무심천이 그 역할을 대신하는 것처럼, 무심천은 문희의 마음속에 항상 맑고 푸른 도나우강이었다.

C여고에 온 규영과 함께 용화사가 있는 까치내 근처까지 무심천 둑길을 걷던 추억! 그때 그 시절 문희는 지독한 외로움에 눌려 살았다. 수시로 교실을 나와 중앙공원으로, C시 시립도서관으로, 우암산 중턱에 있는 성당까지 무작정 헤매고 다녔다. 천지가 막막했다. 하지만 지나놓고 보니 온통 그리움이었다. 김문희! 잘 견뎌냈다. 문희가 또 혼자 웃었다.

"뭐야? 문희! 너 그 사람 보고 싶구나."

문희의 웃는 얼굴을 놓치지 않고 경희가 말했다.

"무심천 그 이름이 매력적이야!"

재선이 꿈을 꾸듯 말했다. 재선의 말 역시 경희에게 무심하게 들리지 않았다.

"그래요! 무심천 이름은 언제 들어도 정다워요."

경희야말로 험한 세월 겪고 나서 인생 별거 아니라고 체념 반 무심 반이 아니었던가. 어쩌면 그녀의 무심은 망각이나 체념에 더 가까운 면이 있었다. 경희는 불현듯 원혜암에 머물 때 해명 스님에게 들었던 직지 법문이 생각났다.

천복승고 선사 면학/늦어도 십 년이면 깨친다

승고 선사가 항상 여러 사람들에게 권하였다.
불법을 배우지 말고 다만 스스로 무심하라.
영리한 근기는 한나절에 해탈하고
둔한 근기는 혹 3년 5년 걸린다.
멀어야 10년을 넘지 않는다.
만약 깨닫지 못하면 노승이
그대들을 대신해서 혀를 뽑는 지옥에 들어가리라.

해명 스님이 풀이했다.

"이 글은 열심히 정진하기를 권하는 내용이다. 선불교에서는 정진을 하다가 어느 한순간에 깨닫는 것을 설정해 두고 있다. 즉 靜中一如 화두를 들때 고요히 좌선하는 중에 한결같아야 하고, 動靜

一如 움직이든, 고요히 앉아 좌선을 하든 역시 한결같아야 하고, 夢中一如 꿈속에서도 한결같아야 하고, 寤寐一如 잠속에 깊이 들어갔을 때조차도 한결같은 다음에 다시 깨달아야 한다고 하였다. 이 과정을 밟아 나아가야 진정한 공부라고 보았다. 참선을 주로 수행하는 사람들은 하루에 한 시간도 일여가 되지 않는다고 고백하면서 수십 년을 그 일여를 꿈꾸며 산다. 아니 평생을 그렇게 산다. 그리고 그 업으로 수많은 생을 또 그렇게 산다."

경희는 원혜암에서 이 글을 공부할 때가 가장 행복했다고 회고한다. 직지直指의 총 145가家 글 중에서 특히 천복승고 선사의 면학에서 '불법을 배우지 말고 다만 스스로 무심하라!' 그 구절을 듣는 중에 경희는 머리에 윙! 하면서 전기가 들어왔다고 토로했다. 마음을 앓아본 자, 영혼 깊이 상처받은 자로서 그 후부터 그녀는 슬픔도 무심, 아픔도 무심으로 변화되는 수순을 밟았다. 경희는 영리한 사람은 한나절에 도를 깨친다는 그 말씀에 절로 힘이 솟아 용맹정진하던 그 시절이 무한 그리웠다.

재선은 아버지 박용덕 사장의 깊은 불심을 이어받았다고 할지, 대학 시절 그는 대학생으로만 결성된 대학불교연합회 C시 지회에서 활동했다. 대개는 전국 각 사찰을 순례하면서 스님의 법문을 듣거나 경전 공부를 하는 모임이었다.

재선은 고승의 선시에 끌려 한동안 선시 공부에 몰입하기도 했다. 불법을 심도 있게 공부한 스님들의 시는 청량한 산바람이었다.

선시는 야망과 의욕에 불타는 청년들의, 하늘 높은 줄 모르고 위로만 치솟는 아만과 열정을 제어하고 조절해주는 역할을 했다. 재선은 그때 익힌 백운화상[2]의 「거산居山」이란 시를 지금도 외운다.

한생각 일으키지 않으면 전체가 나타나나니
이 본체를 어떻게 비유로 말할 수 있으랴
물에 비친 달빛은 비추어도 볼 수 있는데
무심이란 거울은 비추어도 항상 공적하네

고산孤山이라는 산 아래는 살기 좋은 곳
쌀과 땔나무 흔하고 이웃이 많은데
무심한 촌 늙은이 뛰어난 수단이 적어
빌려온 집안의 불씨를 남에게 주네[3]

무심천의 유래와 내력에 대해 생각해 볼 수 있는 좋은 시였다. 또한 백운화상의 무심진종의 선지禪旨를 단번에 통찰할 수 있는 내용이어서 불자 대학생 재선의 호기심에 쉽게 접목될 수 있었다.

마음이 맑고 고요하면 우주 만상이 한눈에 보이는 무심무념의 경지야말로 모든 수행자들이 가장 흠모하는 경지가 아니겠는가. 이는 바로 중국의 복희伏羲 씨가 저작한 주역周易에 더하여, 공자의 계사전의 내용과 일맥상통하고 있는 것이다.

---

2 白雲和尙. 세계에서 가장 오랜 금속활자본 [불조직지심체요절]을 초록한 고려 말의 선승.
3 이종군.백운화상의 선시 연구.성철선사사상연구회.1996.

'무사야 무위야 적연부동 감이수통천하지고.'[4]

'생각도 할 수 없고, 하는 일도 없이, 그저 무심하고 고요히 움직이지 않고 있을 때, 홀연 한순간에 활연관통하는 신령스런 그 무엇'한 생각 일으키지 않으면 전체가 나타나고 다 보인다는 그 경지가 곧 무심무념이 아니겠는가.

양식과 땔나무가 많아 살기 좋은 곳에 사는 무심한 촌 늙은이는 사물에 걸림 없고 물에 비친 달빛처럼 마음이 한없이 고요한 백운 화상을 이름인가.

백운 스님이 초록한 직지의 핵심은 무념 무심이었다. 이는 지눌의 돈오점수頓悟漸修와 맥을 같이 한다고 볼 수 있다. 백운 화상은 중국 스승이었던 석옥청공의 무심사상을 창조적으로 계승, 제자들의 수행 정도를 시험할 때 무심과 무념을 최고로 여겼다.

재선은 백운 스님의 직지에 정식으로 도전해볼 뜻을 품었다. 그 연구의 출발선상에서 재선은 자신과 같은 뜻을 가진 여금숙을 만났다. 이른 결혼, 배우자의 죽음으로 그 뜻을 이루지 못했지만 그의 마음속에 아쉬움과 미련이 남아 있다.

고도의 은유를 품은 공안公案이기 때문에 선의 내용을 잘 몰라서, 승려들도 조사나 선사들이 설한 어록을 해석하는 것을 불경죄라고 여겨, 직지의 내용이 세상에 알려지기 어려웠던 것일까. 직지

---

4 계사(繫辭)상(上) 제10장 无思也 無爲也 寂然不動 感而遂通天下之故.

보다 늦게 등장한 구텐베르크에 비해 직지 효용성이 떨어지는 것을 재선은 유감스럽게 여겼다. 직지와 선시에 도전해보고자 하는 그의 의지는 지금도 변함이 없다. 하지만 사업가의 후계자로서 학문에 올인하기는 용이한 문제가 아니었다. 재선은 처제 문희가 그 역할을 대신하지 않을는지 심중에 은밀히 믿는 바가 있었다.

어리석은 이는 경계는 버리되 마음은 비우지 않고
지혜로운 이는 마음은 비우되 경계는 버리지 않네
마음이 비면 경계는 저절로 고요하고
경계가 고요하면 마음은 절로 여여하니
이것이 바로 백운화상의 무심진종(無心眞宗)이라

백운 화상의 '무심가'는 일체의 번뇌를 벗어나 청정한 마음의 본원을 회복할 것을 고취하고 있다. 단순히 마음을 비우는 것이 무심이 아니요, 마음을 잊는 것도 무심이 아니다. 이는 고산의 고승 대덕만을 위한 화두는 아닐 것. 무심, 무념의 경지야말로 바른 안목을 소유한 모든 이들의 진정한 삶의 지표가 아니었을까.

재선은 김경희와 재혼하여 가정을 이루고 아내의 남편, 한 아들의 아버지가 되어 C시로 가는 길목에서 가장 그리운 사람은 첫사랑 여금숙이었다. 금숙! 그녀에 대한 그리움이 무심천 물결 따라 끝도 없이 재선의 심경에 부침했다. 그녀가 차라리 결혼을 안 했더라면, 병을 얻지 않았을지도 모르지. 죽음에 이르기까지 아프지 않았을지도 모르지. 결혼이 그녀에게 무리였더란 말인가.

첫사랑이 병사하자 재선의 꿈도 좌절되었다. 재선은 무심천 설화에 등장하는 여인처럼 세상을 등지고 싶었다. 금숙에 대한 회한과 자책에서 자유롭고 싶었다. 그마저도 임의로 결정할 수 있는 사항이 아니었다. 그의 마음을 간파한 듯 박용덕 사장의 사회복지사업 제안은 재선에게 천상의 복음이었다.

"C시에서 무심천을 빼면 뭐가 있을까? 우암산? 상당산성? 중앙공원의 나무할아버지 900살 은행나무?"

"우하하하."

재선의 격앙된 음성에 민우가 웃음을 터뜨렸다. 민우도 직지에 대해, 무심천에 대해서 뭐 좀 아는 듯이.

"자아, 북문로로 들어갑니다."

재선이 잡념을 떨치듯 큰 소리로 말했다. 승용차는 서문 다리를 건너 직진하다가 왼쪽으로 커브를 틀었다. C시의 본정통으로 들어섰다. 규모가 큰 문구점을 지나자 은행, 병원 건물과 제과점, 대형 미장원이 나타났다. 새로 지은 건물로 많은 변화가 보여 예스러움은 덜했으나 본정통 거리는 그들 모두에게 여전히 C시의 중심권으로 다가왔다.

첫사랑 그대

"이러한 법은 사량思量과 분별로서 알 수가 있는 것이 아니며, 유심으로서 알 수 있는 것이 아니며, 무심으로서도 얻을 수 있는 것이 아니며, 의식으로서도 알 수 있는 것이 아니며, 지혜로서도 알 수 있는 것이 아닌 것이오이다. 이를 깨달으면 바로 삼계를 뛰어넘을 수 있을 것이나, 이를 깨닫지 못한다면 만겁이라도 깊이 빠져들게 될 것이오이다."[1]

대학생 불교 동아리 지도 법사는 백운 화상 어록에서 발췌한 내용으로 법문을 시작, 금숙의 잠자는 영혼을 단번에 일깨운 바 되었다. '이런 법'에 이르러서 금숙의 심혼가운데 불법에 대한 탐구와 정진의 동인이 분명하게 아로새겨지기 시작했다.

그녀는 '이런 법'을 일차적으로 뛰어넘어야 하는 연구과제로 삼고 학교 강의보다도 더 열심히 불교 동아리 모임에 참석했다. 이런

1 석찬선사(釋璨禪師)/朴文烈, 『백운화상어록』. 범우사. 1998. 65쪽.

법을 깨닫지 못하면 망망한 욕계, 색계 무색계 삼계[2]에 머물러 사생 육도에서 헤맬 수는 없다고 자신에게 다짐했다.

사생을 인간의 마음 상태에 비유해서 설명하기로 하면 태생은 인간의 오랜 습성, 난생은 어리석은 성품, 습생은 사견邪見에 끌려가는 마음, 화생은 육도 윤회에 떨어지는 것 등이다.

불교의 의례에서는 석가모니 붓다를 가리켜 사생자부四生慈父라고 말하는데, 이것은 붓다가 사생에 관계없이 모든 중생에게 자비로운 부모와 같다는 뜻이다. 사생은 깨치지 못한 미혹의 세계에 존재하는 것이므로, 하늘·인간·아수라·축생·아귀·지옥의 여섯 가지 세계를 윤회하는데 이것을 가리켜 육도라 한다.

재선과 금숙은 도서관에 눌러앉아 자료를 찾기 시작했다. 백운화상은 어린 나이에 출가하여 40여 년간 일정한 스승 없이 전국 사찰을 다니면서 공부를 했다고 하지 않던가. 한 나라의 지존인 임금이 불러도 그 앞에 머리 조아리고 나아가지 아니했다. 조용히 혼자서 참선하던 스님이었다.

고려 공민왕 원년, 승려로서는 한참 늦은 오십 초반에 중국 원나라로 건너갔으며, 석옥선사에게서 임제종의 선법, 무념無念 진종眞宗을 배워 여래의 무상묘도無常妙道를 깨달았다. 그는 귀국하여 행주 좌 와 하면서 선의 가장 높은 경지인 무심과 무념을 공부했다고 전한다.

---

2 삼계 : 1.욕계는 인간의 사사로운 욕망을 벗어나지 못한 세계, 2. 색계는 욕망은 벗어났으나 형색은 벗어나지 못한 세계, 3. 무색계는 욕망과 형색은 벗어났으나 의식으로부터는 자유스럽지 못한 세계를 이른다.

그분의 심오한 불심, 나라를 걱정하는 군자적 자질, 오직 불법, 선과 교를 아우르는 공부에 전념한 분이라는 사실을 다시 한번 확인할 수 있었다. 금숙은 백운 스님의 발자취를 따라가고 싶었다.

금숙의 아버지는 불교 계통의 D대학교에서 경전을 강의하는 작가이자 교수였다. 어린 시절 부모님의 손을 잡고 C시 일대의 사찰을 순례한 기억이 새롭다. 불교에 대한 DNA를 선천적으로 타고난 가정환경 탓도 있지만, 불법을 깊이 있게 공부하여 깨달음에 이르는 게 그녀의 소원이었다.

"무심천에 갈 사람?"

동아리 모임이 끝나고 차 마시는 시간이었다. 지도 스님과 동아리 학생들이 모여 그날 배운 법문에 대해 질문하고 답하는 시간이었다. 재선은 금숙을 염두에 두고 짐짓 불교 동아리 도반들에게 물었다.

"자네들 무심천에 간다고?"

스님이 묻자 다른 학생들이 일제히 재선과 금숙을 놀아보았다.

"예! 저는 '법'을 깨닫지 못하면 삼계를 헤매고 사생에서만 태어나 육도를 오가면서 끝없는 고통을 받지 않으려고, 바람도 쐴 겸 무심천에 나가서 명상에 잠겨보고 싶어요."

재선이 금숙의 속내를 헤아리듯 정직하게 털어놓았다.

"그래! 그것도 좋은 방법이긴 하지. 더 좋은 공부 방법은 몸을 움직여 밖으로만 나돌지 말고 고요히 자기 마음을 관하는 훈련이 필요해요. 그것은 곧 좌선이요."

지도 스님은 혈기왕성한 청년들이 부산하게 움직이는 것 못지
않게 좌정하여 자기 자신의 실체를 궁구하는 게 더 바람직하다고
여겼다.

"자아, 여기 백운 화상께서 신광사 제자들에게 교시하신 말씀을
들어 보시오."

지도 스님이 겉장이 누렇게 변색한 책을 펼쳐 들고서 좌중에게
말했다.

> 마음을 쓰시되 밖으로만 향하여 구하지 마시오이다!
> 일상생활을 떠나 따로 묘한 도를 구한다면,
> 그것은 물결을 버리고 물을 구하는 것과 같아서
> 구할수록 더욱 멀어질 뿐인 것이오이다!
> 참다운 용이 가는 곳에는 구름이 저절로 따르거늘,
> 하물며 신통의 광명을 본래부터 갖추고 있는 것만 하겠소이까!
> 부디 정신을 차려 노력하시오이다!
> 세월은 사람을 기다리지 않는 것이오이다!

백운 화상이 1365년 나옹 선사의 천거로 공민왕의 부름을 받고
신광사 주지 소임을 맡게 되었을 때 신도들에게 펼친 가르침이었
다. 일상생활에 묘한 도가 있다. 즉 신도 개개인 마음속에 나면서
부터 이미 신통의 광명을 갖추고 있다는 말씀이었다. 그러나 백운
은 신광사 주지 소임도 얼마 안 가 사임한다. 백운 스님의 뜻은 더
욱 높고 거룩한 곳을 향하고 있었다.

지도 스님은 마지막 한 구절을 다 읽고 나서 재선을 바라보았

다. 백운 스님의 그 가르침이 재선의 무명을 깨치기 위한 것인 양.

"가히 이와 같은 말씀은 고려 시대 용맹정진하던 스님네 뿐 아니라 지금 이 자리에 있는 우리 모두가 새겨들을 만한 말씀이지요?"

지도 스님의 목소리는 은근하고 위엄이 서려 있었다. 불교 동아리 학생들이 신통의 광명을 본래부터 갖추고 있다는 사실을 망각하고, 마음 공부보다는 경전 공부로 지식과 아만만 높아지는 것을 경계하는 말씀이기도 했다.

개중에는 적요한 가운데 선에 드는 것을 못 견뎌 몸을 비트는 법우들도 더러 있다. 그날따라 재선은 지도 스님 말씀보다 금숙을 더 생각하고 있었다.

백운 스님은 일상생활을 떠나 마음 밖에서 도를 구하는 것은 물결을 버리고 물을 구하는 것이라고 했다. 참다운 용이 가는 곳에 구름이 절로 따른다? 흠! 참다운 용? 재선은 잠시 무언가를 골똘히 생각하는 눈치더니 자리에서 일어섰다.

"스승님! 감사합니다. 다음 주에 뵙겠습니다."

불교 동아리 청년들은 삼삼오오 짝을 지어서 탑동 언덕을 내려갔다.

"무심천에 같이 갈 사람?"

재선이 동아리 친구들에게 큰소리로 제의했다. 그들은 탑동에서 석교동으로 접어들면 대부분의 경우 무심천 둑길을 산책할 때가 많았다. 그런데 오늘은 모두 바쁜 일이 있다며 뿔뿔이 흩어졌다.

금숙은 혼자라도 무심천에 갈 생각이었다. 무심천 둑길을 무심으로 걷다 보면 퍼뜩! 어떤 영감이 떠오를 것만 같았다. 그녀는 한 생각에 빠지면 그 의문이 풀릴 때까지 놓지 않았다.

금숙은 누가 뭐라든 무심천이란 이름이 불교 용어인 '무심'에서 나왔다는 설에 무게를 두고 싶어 했다. 그녀는 무심천에 대한 전설도 찾아보았다.

'옛날 옛적에 청주 남천가 오두막에 한 여인이 다섯 살 된 아들과 살았다. 그 오두막에서 청주로 가자면 남천 위에 걸쳐진 통나무 다리를 건너야 했다. 어느 해 큰 장마가 져 남천물이 불어나 황토물이 통나무 다리 밑으로 남실남실 흘러갔다.

그 무렵 대원사 스님이 탁발을 나왔다가 모자가 살고 있는 집에 들렀다. 스님은 오두막 여인에게 잠시 쉬어가게 해달라고 부탁했다. 그 오두막 여인은 마침 성안에 다녀올 일이 있는지라 성안에 다녀올 때까지 어린 아들을 보아달라고 부탁하고 집을 나섰다.

스님은 피곤한 몸을 툇마루에 누인 채 그만 깊은 잠이 들었다. 얼마쯤 시간이 지났을까. 갑자기 여인의 통곡 소리가 들려왔다. 스님이 잠이 깨어 살펴보았다. 여인이 축 늘어진 어린아이를 안고 울부짖고 있었다. 스님이 잠든 사이 어린아이가 남천 통나무 다리에 올라가 놀다가 개울에 떨어져 목숨을 잃은 것이다. 스님은 자신의 불찰을 뉘우쳤다. 스님은 죽고 싶은 마음뿐이었다.

그후 여인은 어린 아들을 화장하여 남천에 띄우고 산으로 갔다. 대원사 스님은 자신의 방심을 크게 부끄러워하면서 인근 사찰에

이 소식을 알려 승려회의를 열고 어린아이의 극락왕생을 빌어주는 제를 올려 주었다. 또한 통나무 대신 튼튼한 돌다리를 놓게 되니 이 다리가 남석교南石橋요, 그 동네 이름이 석교동이 되었다.'[3]

이 남천이 오늘에 이르러서 무심천으로 바뀐 것이라는 설, 또는 '우리말에서 물의 본딧말 '무수'에서 비롯된 것, 예를 들면 무수+내−무수내−무시내−무신내−무심내(無心川)'으로 변화한 게 아닌가 유추하는 이들도 있다.[4]

금숙의 어린 시절, 무심천 위에는 나무 쪽다리가 걸쳐 있었다. 혹 그 쪽다리가 남석교가 되었던가. 쪽다리는 장마가 지면 번번이 어디론가 사라졌다. 무심천에 당도해보면 어제까지 있던 쪽다리가 흔적조차 보이지 않았다.

거센 물살을 헤치고 학교에 갈 일이 난감했다. 어쩔 수 없이 앞서가는 선배들 뒤를 따라 발을 벗고 한 손에는 책가방을, 다른 한 손에는 운동화를 들고 냇물을 건너 학교에 갔다.

냇물을 건너다가 손에 들고 가던 운동화를 놓치고 황토물에서 운동화를 찾느라고 허우적거리는 친구도 있었다. 그 친구의 모습을 보고 친구들이 깔깔거리고 웃었다. 깔깔거리고 웃는 것은 무슨 다른 감정이 내포된 것이 아니라 어린이들의 순전한 무심의 발로였다. 금숙의 사념은 무심천을 기점으로 동서사방으로 뻗어나갔다.

---

3 김기빈(전설 지명 연구가), 땅이름, 충북 청주시 무심천. 2015. 주간한국.
4 이홍환, 한국땅이름학회 이사, 2001.

금숙은 '무심천을 지나며' 노래를 불러본다.

그 옛날 어느 분이 애타는 무슨 일로
가슴을 부여안고 이 냇가에 호소할 제
말없이 흘러만 가매 무심천이라 부르던고

눈물이 실렸구나 보태어 흐르누나
원망이 잠겼구나 흐르는 듯 맺혀 있어
지금의 여흘 여흘이 목이 메어 우누나

님 잃고 외로워서 새벽달을 거니신 이
나라이 망하오매 울며 고국 떠나신 이
쏠린 듯 끼친 발자국 나도 분명 보았노라.

무심천은 노래 가사처럼 원망과 눈물까지 보태지면서 흘러가는, 한이 서린 개천일 수도 있었다. 속 터지고 애타는 일 때문에 무심천에 와 보았지만 무심천은 애타는 그 사람의 심사는 모른 체하고 그저 무심하게 흘러가기만 했다는 것이 아닌가.

애가 타는 이는 과연 누구였을까? 우국충정의 애국지사였을까. 애국지사가 그처럼 한가하게 신변의 위험을 무릅쓰고 무심천 둑에 나와 무심하게 흘러가는 냇물이나 바라보았을 리가 없지 않은가.

그러면 백운 선사이었던가. 기록에 보면 백운 선사는 무심천변이나 저잣거리에서 법문을 설했다고 전한다. 귀족 중심의 불교가 아니라, 재가 불자 중심으로 불법을 편 것으로, 백운의 포교 대상은 서민, 민초였을 가능성이 높다.

금숙은 무심천이란 명칭은 백운 선사가 강조하는 무심 무념에서 기원한 게 아닌가 하고 추측한다. 추측이라기보다 그쪽으로 절로 마음이 기울었다.

백운 선사의 무심은 공空과 같이 아무런 식識이 없는 무심이 아니라, 좋고 나쁨을 분별하지 않는 마음, 비록 곧고 굽은 곳, 낮고 험한 곳이라 하더라도 큰 바다를 향해 일념으로 고요히 흘러가는 물, 그 물의 마음자리, 상선의 덕을 이르는 것이 아니겠는가. 만약 그렇다면 무심천이야말로 백운 선사의 불교사상을 담고 있는 맑고 거룩한 도시 C시의 또 하나의 상징이 될 터였다.

"무슨 생각을 그렇게 골똘히 하시는가?"

재선이 금숙에게 지도 스님 어투를 흉내 내어 물었다. 탑동 동아리 모임 장소에서 석교동을 지나 남다리 근처에 이르니 시원한 바람이 솔솔 불어왔다.

"나는 무심을 생각하느라고 마음이 무심하지 않은 게 기이해요. 절대 무심할 수가 없는 거예요."

"나는 또 금숙 씨 마음이 뭐가 안 좋은 게 있나 했어요. 너무 서둘지 말고 나하고 같이 공부해요."

"네. 안 좋은 것도 있긴 있어요."

무심천에서 불어오는 바람이 두 사람의 가슴으로 속속 파고들었다. 상쾌했다. 가을로 접어들면서 비가 잦더니 무심천은 흡사 큰 강처럼 보였다.

"안 좋은 것? 그게 뭔데? 나에게 말해 줄 수 있어요?"

재선의 눈빛은 금세 호기심으로 빛이 났다.

"학교에 가도 그렇고, 불교 동아리에 와도 공부할 게 많아요. 할 일이 너무 많아서 행복하다고요."

재선의 심중을 꿰뚫은 것처럼 금숙은 결혼 제의를 우회적으로 거부하고 있는 것이다.

"그래요? 그게 안 좋은 것이어요?"

"네! 그럼요. 할 일은 하고 많은데 시간은 부족하고 소중하지요. 언제 이런 공부를 다시 만나며, 언제 이 공부를 다 할 수 있을까요?"

무심천 둑길의 벚꽃나무 잎새가 생애 처음으로 초조를 겪어낸 소녀처럼 수줍어하면서 갈바람에 나부꼈다. 무심천 둑 넘어 C여중 운동장의 자작나무 몇 그루가 먼빛으로 바라보였다. 그 자작나무는 측백나무를 배경으로 청렴한 선비의 기상처럼 돋보였다.

그들은 무심천 바람을 맞으며 남다리에서 서문 다리, 용화사 쪽을 향해 걸어갔다. 둑길은 멀고 길었다. 아마도 무심천 물줄기가 이어지는 그곳, 어쩌면 까치내를 지나 조치원 방향 미호천까지 이어져 있는지도 모를 일이었다.

"조금 앉았다 갑시다!"

재선이 발걸음을 멈추고 금숙을 돌아본다. 그녀의 볼이 발갛게 물들어 잘 익은 홍옥사과처럼 화색이 감돌았다. 재선이 둑길에 손수건을 폈다. 그녀가 손수건 위에 살포시 앉자 재선은 맨바닥에 앉았다.

"공부는 혼자서 하는 것보다 나하고 같이하면 더 잘 될 텐데. 경쟁도 되고 서로 모르는 것을 가르쳐주고 하면서."

의견이라기보다는 권면이요, 간곡한 당부였다. 바람이 불었다. 서늘한 무심천 바람이 새삼 두 사람에게 계절을 느끼게 했다.

"아버지께서 내 결혼을 서두르고 계셔요! 사업 후계자로서 내조할 부인이 꼭 함께해야 한다는 주장이시거든요."

재선은 자신의 입장을 밝혔다.

"아버지께서 정해 놓은 배필이 있는 거예요?"

결혼에 관한 한 냉정하고 무관심한 그녀가 말했다.

"배필요? 여기 있잖아요. 여기 내 옆에!"

재선이 그 말과 함께 두 팔을 벌려 옆에 앉은 그녀를 슬그머니 끌어안았다.

그녀는 미동하지 않는다.

"금숙 씨!"

이름을 불러놓고 재선이 다시 그녀를 품에 안았다.

"나는 불교 동아리에 와서 금숙 씨를 만나는 게 큰 기쁨이야. 당신은 내 사람!"

재선의 입술이 뜨거운 열기를 뿜어내며 그녀의 입술에 포개졌다. 금숙은 말도 표정도 없다. 뿌리치지 않은 것뿐이다.

여자의 마음인가. 그것은 마음이 아니라 여자의 몸인가. 세상의 어떤 언어보다도 재선의 '당신은 내 사람!'이란 그 말이 그녀의 마음을 순간적으로 뜨겁게 발화시킨 것인가.

금숙은 자신의 마음을 이해하는 게 쉽지 않았다. 평소에 재선에게 호감은 갖고 있었지만 이건 돌발사태였다. 돌발사태의 주범은 재선이었다. 그녀는 공범자, 동조자가 아닌가.

그녀는 자리에서 일어났다. 무심천 둑길을 콩콩 뛰어갔다. 인적 드문 무심천 둑길에 금숙의 발소리가 유독 크게 울렸다.

박용덕 사장의 생신날이었다. 그는 아들의 불교 동아리 친구들을 집으로 초대했다. 그들의 공부에 힘을 실어주려는 선의 외에 맏아들의 친구 면모를 살펴보려는 의도였다. 남학생 8명에 여학생 7명이 모두 재선의 집에 모이게 되었다. 지도 스님도 모셨다.

"이 친구들이 모두 불법을 공부한단 말이구료. 허어! 가상한지고."

그는 학생들을 바라보며 흐뭇한 미소를 지었다. 내심 든든했다.

식사가 끝나 차를 들 때였다. 그는 그 장소에 모인 여학생 중에서 금숙을 눈여겨보았다. 군계일학이었다. 인물뿐 아니라 그녀의 몸가짐도 조신한 것이 한눈에 들어왔다. 어여쁜 여학생이 불법을 공부한다 하니 더욱 갸륵한 마음이 들었다.

큰 회사를 경영하는 박용덕 사장의 사람 보는 안목은 누구보다 예리하고 탁월했다. 그러나 금숙의 건강을 살피는 데는 미흡했던가. 결혼 3년 차를 겨우 넘기고 그녀는 이승을 떠났다.

날 때부터 여리고 약한 그녀가 공부하는 것만으로도 벅찼던 것일까. 그녀는 시어머니와 시누이 곁에서 살림살이 법도를 익히는 것이 어떤 공부보다 힘들었던 것일까.

무심천에서 꽃 핀 사랑은 미련을 남기고 속절없이 막을 내렸다. 직지를 연구하려던 금숙의 꿈은 사라졌다. 재선의 꿈도 덧없이 사라졌다.

직지의 향기

"어서 오세요! 오시느라고 힘드셨지요?"

경희 동서가 달려 나와 서울에서 내려온 손님을 맞이했다.

"아유! 민우 이모도 오셨군요! 잘 오셨습니다. 아버님은 곧 들어오신다고 전화 주셨어요. 이리 앉으세요!"

민우가 신기한 듯 사방을 두리번두리번 살펴본다.

"민우! 어디 보자. 오우! 많이 컸네!"

동서가 거실로 주방으로 분주히 오가며 민우에게 말을 걸었다.

온 집안이 들썩거릴 만큼 경쾌한 음악 소리가 들려왔다. 주방에서는 맛있는 음식 냄새가 솔솔 새어 나왔다.

삐걱! 대문 소리가 났다. 민우가 할아버지 음성을 듣고 대문께로 뛰어갔다.

"할아버지! 안녕하세요?"

"오우! 반가운 손님들이 오셨구만! 민우 이 녀석, 훌쩍 컸구나."

박용덕 사장이 민우를 덥석 안으며 큰 목소리로 환영 인사를 했다.

"민우 이모도 우리 집에 오랜만에 오셨지? 잘 오셨소!"

크고 넓은 집안에 화기가 감돈다. 초등학교에 다니는 아들과 딸을 둔 동서가 자신의 두 아이들과 함께 민우를 쫓아다니며 연신 함박웃음을 터트렸다. 민우는 해질녘 까지 안과 밖을 뛰어다니다가 일찍 잠이 들었다.

재선은 동생 재형과 함께 외출하고 박용덕 사장은 거래처 사장과 사랑채에서 상담 중이었다.

"문희야! 고향에 내려온 것 오랜만이지? 혹 만나고 싶은 친구 없니?"

경희는 문희가 C시에, 그녀의 시댁에 온 것이 혹 불편할까 싶어 물었다.

"음, 언니! 서울에서 같은 학교를 다니는 친구도 있어요."

"그 누구냐? 너의 그 판사는 지금 어디 있어?"

경희의 기분도 과히 나쁘지 않은 것 같다. 아니 가족과 함께 고향에 내려와 즐거워하고 있는 것 같았다.

"언니는? 그 사람이 왜 내 판사가 돼?"

문희가 펄쩍 뛴다.

"그 사람 너 좋아했잖니? 호호호."

경희가 큰 소리로 웃었다.

"야유! 언니! 나는 관심 없어요!"

"얘 너 그 사람 우습게 보지 마라! 형부 말을 새겨들어!"

문희가 경희를 물끄러미 바라본다. 재선의 대어, 금고기란 말에 언니의 마음이 흔들린 것인가. 규영의 사고방식이 구식, 고루하다고 할 때는 언제고 이런! 여러 형제 중 맏이인 경희가 보는 세상이 문희와 다른 점은 무엇인가. 문희는 갑자기 언니가 타인처럼 보였다.

새벽 먼동이 터올 무렵부터 밤이 이슥하도록, 장차 외교관 부인으로서 소양을 쌓던 언니였다. 중국어 공부에 열중하던 언니의 맑은 감성과 학구적인 모습은 어떻게 된 거지? 당시 S대 법대 재학 중 사법고시에 패스한 N씨가 언니의 첫 연인이었던 그 시절, 언니의 일상은 날마다 오색 무지개가 피어나지 않았던가.

경희가 투옥되자 정계 거물급인 ○○당 의장 조카딸과 속도 빠르게 혼약을 맺고, 인사도 없이 떠나버린 출세 지향주의자 N씨. 문희는 그 대강의 스토리만으로도 언니의 이중삼중으로 중첩된 상심을 헤아릴 수 있을 것 같았다.

밤이 깊어 재선 재형 형제가 돌아왔다.

"다녀왔느냐?"

"네! 재형이와 다녀왔습니다!"

"그래, 만나 뵈었느냐?"

"네. 아버님. 무심선원 입주에 대해서 쾌히 허락하셨습니다."

두 형제가 합창하듯 동시에 대답했다.

"오! 그래!"

무심선원 건축공사는 재선 재형 형제의 전폭적인 지지와 지방 유지들의 협력으로 거의 마무리 단계였다. 재선과 그의 연년생 동생 재형은 부친의 사회복지사업 그 시작에서부터 전 공정에 이르기까지 헌신적으로 동참하고 있었다. 그들 삼부자는 그들만이 아는 대화를 이어갔다.

차제에 금숙의 친정어머니 거처를 마련해주는 안건도 포함되었다. 단순히 재선의 전처 모친이라는 관점에서뿐 아니라 기왕이면 가장 가까운 인연이었던, 남편과 외동딸을 잃고 고독한 삶을 이어가는 금숙의 모친부터 여생을 편안히 지낼 수 있도록 배려하자는 방향으로 의견을 모았다. 나아가 C시에 거주하는 일점혈육도 없는 무자녀, 무연고 노인들의 여생을 돌보아 주는데 더 큰 뜻이 있었다. 그것은 명예를 구하려는 것이 아니요, 영광을 얻으려는 것도 아니었다. 대승적 차원의 불법 생활화야말로 박용덕 사장의 필생의 소원이었다.

"민우 에미한테는 운을 떼 보았니? 사업 규모가 커지고 운영이 복잡해지면 네 처가 나서서 도와주어야 하는데……."

박용덕 사장이 조심스럽게 큰아들의 마음을 타진했다.

"네. 아버님! 민우 엄마 건강도 많이 좋아지고 해서 저도 안심하고 있습니다. 민우가 저만큼 자랐으니 민우 엄마도 시간 여유가 생길 것 같고요."

장차 경희가 무심선원의 관리 운영 면에서 중심인물로 부상하는 것에 대하여 재선은 낙관했다. 경희는 현재 D대학교에서 경영학을 공부하고 있었다.

"점차 교육기관이 완공되면 되면 네 처도 우리 사업에 참여시키는 것으로 가닥을 잡아 보자꾸나."

박용덕 사장의 시선이 작은아들 재형에게 머물렀다.

"네. 아버님 말씀 잘 알겠습니다."

노인 복지시설 외에 선방으로도 꾸며 대학생 불교 동아리 모임을 이어가야 한다고 했다. 이제 그 모임은 누구든 원하기만 하면 그곳에 와서 부처님 법을 배우고 교양강좌를 들을 수 있는 수행과 휴식, 자유의 공간이 되는 것이다.

가장 중요한 것은 직지의 본산지 C시의 위상을 존중, 업(UP)시키는 의미에서 '직지의 향기'라는 명칭으로 직지 방을 신설, 마음 공부를 희망하는 사람들에게 직지를 교육하고자 했다. 박용덕 사장은 직지야말로 마음공부 교재로서 가장 으뜸이라고 굳게 믿고 있었다. 그 사업의 후원자는 박용덕 사장이며, 운영과 관리는 점차적으로 두 아들과 큰며느리 경희가 맡는 것으로 진즉부터 내정하고 있었다.

그들은 역사적인 무심선원 개원식 행사에 C시의 유지들과 불자, 시민, 그리고 C시를 사랑하는 모든 사람들을 초청할 계획을 세웠다. 밤이 이슥하도록 삼부자는 머리를 맞대고 명단을 작성했다.

그날이 도래했다.

모충동을 지나 원능골로 이르는 길 어구에 무심선원이란 현대식 5층 건물이 위용을 드러냈다. 이승천 씨로부터 인수한 몇 동의 교육관 건물과 함께 무심선원은 외관으로도 그 규모가 상당히 웅

장해 보였다.

무심선원 입구의 해묵은 보리수나무 위에서 '무심선원 창립 기념법회' 현수막이 갈바람에 펄럭였다. 오랜 나이테를 자랑하는 보리수나무는 무심선원의 지킴이처럼 무심선원을 찾아오는 사람들을 반겨주었다.

무심선원으로 오르는 길 주변에는 주택가가 형성되어 있었고, 주택가를 지나 한참 올라가면 서공원이 펼쳐지면서 무심선원의 건물이 먼빛으로 우뚝 다가선다.

서공원에는 순국선열들과 6·25 한국전쟁 때 산화한 C시 출신의 영령들을 모신 충혼탑이 엄숙하게 자리 잡고 있었다. C시 시민들이 수시로 그곳에 올라와 나라와 겨레를 위해 목숨을 바친 순국영령들에게 참배를 드리곤 했다. 서공원 일대는 무심천에서 아낙네들이 낭창낭창 두들겨대는 빨랫방망이 소리가 흥겹게 메아리쳤다. 평온한 분위기가 충만해 각급 학교 문예반 학생들이 서공원 잔디밭에 나앉아 글짓기를 하기도 했다.

서공원을 지나 산등성이를 오르면 화려하면서도 고상한 자홍색 벽이 나타나는데 그 벽을 끼고 돌아가면 산책로가 펼쳐지면서 숲속에 무심선원 중앙도서관이 눈에 들어온다. 도서관을 중심으로 여러 동의 건물이 동서로 우뚝, 우뚝 준수한 모습을 드러냈다.

날씨는 쾌청이었다. 무심선원은 사차선 도로가 사방팔방으로 면해 있어 누구라도 쉽게 찾아올 수 있는 좋은 위치였다.

이른 아침부터 C시 유지와 관계기관의 관자가용을 비롯해 선남

선녀가 전국 각지에서 삼삼오오 무심선원으로 모여들었다. 박용덕 사장 회사 직원들과 일가권속이 밝은 얼굴로 문 앞에 나와 무심선원을 찾아오는 사람들을 일일이 손을 잡아주며 환영했다.

목발을 짚고 있는 이승천 씨의 모습은 두드러졌다. 비록 목발을 짚었으되 그의 풍모에서 평온과 중후함이 느껴졌다. 이승천 씨 뒤를 이어 양복을 입은 이승천 이사장의 종합기술학교의 직원들과 학생들이 속속 들어섰다. 그리고 원혜암의 해명 스님과 남녀 도반들이 앞서거니 뒤서거니 들어서는 모습도 보였다. 경희가 앞에 나가 해명 스님과 그 일행들에게 정중히 인사를 드렸다.

"여어! 축하합니다!"

이승천 씨가 박용덕 사장의 두 손을 꽉 잡았다.

"잘 오셨습니다. 이사장님! 어서 드시지요."

재선이 이승천 이사장과 그 일행을, 재형은 해명 스님과 그 도반들을 정중히 모시고 강당으로 들어갔다.

"박 회장님! 축하합니다!"

C시의 유관부서 단체장들이 들어서며 박용덕 사장을 치하했다.

"큰일을 하셨습니다!"

"훌륭하십니다."

"공사다망하신 가운데 왕림해 주셔서 영광입니다."

"예! 어서 오시지요."

그들은 각각 개성 있는 발성으로 삼부자를 칭찬했으며, 박용덕 사장은 특유의 온화한 미소로서 그들을 맞이했다.

강당 안으로 들어서면 여느 사찰과는 다른 점이 금세 눈에 들어왔다. 무심선원은 주로 마음 닦는 공부를 하는 곳으로 사찰은 아니었다. 정면 중앙에 부처님 상호를 모시지 않은 대신, 〈금강반야바라밀경〉을 수놓은 병풍이 사방 벽을 둘러싸고 있다. 양옆으로는 동양란 화분들이 있는 듯 없는 듯 조촐하게 줄을 지어 놓여 있고, 단상에는 작은 탁자와 흑판이 있다. 흑판 옆에는 피아노가 한 대 있고, 방석 대신 책걸상을 잇대어 놓은 것이 흡사 고급한 세미나실 같았다.

절을 할 때는 의자를 들여놓고 그 자리에서 삼배만 하는 것으로 정했다. 일체의 기존 격식과 절차를 생략, 타파하고 모름지기 마음 닦는 공부 중심으로, 모든 체제를 현실에 부합하도록 개선 시킨 점이 특이했다. 박용덕 사장의 혜안으로 볼 때 마음공부 교재로 직지를 대적할 만한 것이 없었다. 직지가 가장 으뜸이었다. 무심선원 강의 목록에 〈직지의 향기〉 방을 개설하여 대중의 근기에 맞게 직지를 강의하려는 큰 꿈이 그의 가슴속에 태동하고 있었다.

무심선원 개원 기념 법회는 『불조직지심체요절』을 금속활자 본으로 간행한 C시의 위상에 걸맞게 제1부는 백운 화상의 선시, 제2부는 직지에서 가려 뽑은 증도가[1]로 여법하게 진행되었다. 새로 모신 지도 법사는 무심선원 창립 취지에 맞춰 법문의 격을 몇 단계

---

1 『증도가證道歌』: 당나라 8세기 초 유명한 육소 혜능慧能조사의 문하인 영가현긱永嘉玄覺 대사가 손수지은 '도를 증득한 노래'를 말한다.

높였다.

불조의 묘한 이치는 그저 눈앞에 있는 것이외다. 바야흐로 계절이 봄이 되면 산에는 꽃이 피어 비단과 같고, 시냇물은 쪽빛보다 더 푸르며, 버드나무는 황금빛으로 윤이 나고, 배나무의 꽃은 백설과도 같이 향기롭소이다. 벗을 부르며 꾀꼬리는 지저귀고, 제비는 둥지를 찾아 날아들며, 청풍은 흰 달을 흔들고, 흰 달은 청풍을 비추는 것이오이다. 모든 일마다 현성(現成)하고, 모든 물건마다 완전히 드러나는, 도대체 어떻게 소리를 듣고 도를 깨달으며, 어떤 빛깔을 보고 마음을 밝히는 것이라고 하겠소이까. 복숭아와 오얏의 단맛을 버리고 산을 돌아다니며 신 매실을 따는 것보다 크게 나을 것이 없을 것이오이다.[2]

법문의 요지는 불법의 묘한 이치가 어디 멀리 따로 있는 게 아니라는 것이었다. 불법은 삼라만상 동서사방 어디에고 자연히 그저 있는 것. 경희의 참람하게 짓밟힌 열일곱 빛바랜 꿈속 갈피에도 있고, 문희의 상처받은 영혼에도 봄 햇살처럼 따스하게 스며있는 것이다. 무심선원에 운집한 일반 대중의 삶 속에도 불법은 물처럼 바람처럼 자연스럽게 본래 그렇게 스며있다는 것이었다.

불법의 이치를 참구한다고 면벽수도도 좋고, 산간 외진 곳에서 홀로 수행 정진하는 것도 좋다. 그러나 불법이라는 것은 멀고 아득한 곳에 외따로 있는 것이 아니다. 눈 돌리면 도처에 나타난다. 산에 들에 난만한 봄꽃, 무심히 흘러가는 무심천의 푸른 물, 달밤에

---

2 釋璨禪師/ 朴文烈, 『백운화상어록』, 범우사, 1998, 83쪽.

하얗게 만발하는 배꽃의 향기, 꾀꼬리의 영롱한 울음소리, 새끼에게 나누어 줄 먹이를 물고 둥지를 부지런히 찾아드는 제비의 몸짓, 하얀 달빛과 맑은 바람 한 줄기, 그 속에도 엄연히 불법이 존재한다는 뜻으로 해석할 수 있었다.

어떻게 마음을 밝히고 어떻게 도를 깨닫는가 하는 것, 그것은 복잡하게 생각할 것이 없다고 했다. 먼 데 가서 불법을 찾는 것을 복숭아 오얏의 단맛을 버리고 신맛 나는 매실을 따는 것에 빗대어 설명하고 있지 않은가. 오직 마음을 잘 다스리는 것, 마음이 곧 부처, 즉심시불卽心是佛이라는 뜻으로 풀이해 볼 수 있었다. 법문은 첫 대목부터 진리의 맑은 향훈이 떠도는 것처럼 참신하고 수승했다.

계절이 바야흐로 여름이 되면 먼 산에 있는 꽃들은 열매를 맺어 드리워진 구슬과도 같으며, 바위 곁의 나무는 그늘을 이루어 푸른 장막을 친 것과도 같은 것이오이다. 노니는 벌은 나비와 더불어 날기를 다투고 제비는 꾀꼬리와 함께 말을 나누는 것이오이다! 이는 현사玄沙노인[3]께서 말씀하신 실상을 깊이 있게 담론하고 반야를 잘 토론하였다는 시절인 것이며, 또한 농부들이 푸른 벼의 묘종을 이식하고 누런 보리를 베는 시절인 것이오이다! 이와 같이 태평스러운 사업은 눈이 있는 사람은 모두 볼 수 있고, 귀가 있는 이는 모두 들을 수 있는 것이오이다!

---

3 현사노인(玄沙老人:835~908), 속성은 謝씨로 오대십국시대의 저명한 선사(法眼宗).

일찍이 현사노인께서 말씀하신 바와 같이 자연의 질서에 순응하여 알맞게 꽃 피고 열매 맺는 것, 듬직한 바위와 아늑한 나무 그늘, 벌 나비가 다투어 날아들고 제비와 꾀꼬리의 태평스런 재잘거림, 그것이 바로 자연의 도이며 불법이라는 요지였다. 너무나 간결하고 평이한 법문이었다. 그러나 그 간결함과 평이함 속에는 우주보다 더 큰 진리. 심오하고 신통한 지혜가 숨어 있었다.

시대와 나라, 지역, 인종을 초월하여 고려 시대 백운 스님의 가르침은 그 자리에 모인 사람들의 잠자는 영혼을 일깨우고, 편안하게 감싸고 위무했다. 자연의 질서에 따라 때에 맞게 움직이는 태평한 사업, 그것이 불법이고 곧 자연법이었다. 자연의 법도대로 사람이 살아가는 온당한 이치였다. 어렵거나 복잡하지 않았다.

장내는 더할 나위 없는 진지함과 훈기가 넘쳐흘렀다. 대중들은 진리의 말씀에 깊이 감동한 듯 미동도 하지 않았다. 사회자가 단상에 나왔다.

"5분 휴식하겠습니다. 2부에서는 직지에 수록된 영가현각 스님의 깨달음의 노래 『증도가證道歌』에 대하여 법문이 이어지겠습니다."

사회자의 말이 신호가 된 듯 사람들이 바쁘게 움직였다. 잠시 후 실내가 정돈되는 것과 동시에 2부 순서가 여여부동하게 진행되었다.

당나라 8세기 초 유명한 육조 혜능 조사의 문하에 오대 산맥이 있었고, 영가현각도 그중 한 분이다. 영가 대사는 천태종의 탁월한 고승이었으며,『유마경』을 읽다가 깨달음을 얻었다. 그가 육조 혜능을 찾아가 도를 인증받게 되는데,『직지』에 인용된 대화는 매우 유명하다. 한 생애를 걸고 깨달음을 이루었고, 스승인 육조 혜능 조사를 찾아와 문답 끝에 깨달음을 인가받아 부처님의 법맥을 이어가야 하는 역사적인 날, 영가현각 선사는 하직 인사를 한다.

혜능 스님이 하도 어이가 없어

"너무 빠르지 않은가?"

"본래 움직인 것이 없는데 어찌 빠른 것이 있습니까?"

영가 선사가 되받았다.

"누가 움직임이 없는 것을 아는가?"

"스님께서 스스로 분별하십니다."

이런 방식으로 영가 스님은 육조 혜능 스님으로부터 깨달음에 대한 인가를 세 번 받고 조계산을 내려오려고 하다가 하룻밤을 머문다.

증도가에는 영가 선사의 깨달음에 대한 소회가 표현되어 있다. 39세(서기 713년)에 영가 스님이 열반한 그해, 스승인 육조 혜능 스님도 세수 76세에 열반하셨다. 영가 대사가 육조 혜능 조사의 인가를 받기 위하여 조계산으로 갔을 때, 노승인 현책玄策 스님이 이 젊은 영가 스님의 법의 깊이를 알아보고 혜능 스님에게 인도했다는 일화가 전해진다. 짧은 문답이 이루어진 후, 승인을 받은 영가 대사가 즉시 되돌아가려고 했다. 혜능 조사가 붙들고 하룻밤 자고

갈 것을 권고, 그로부터 그를 일숙각—宿覺이라는 별칭으로도 불렀다고 한다.

초청 법사는 중도가의 저자 영가 현각 선사에 대하여 대략 설명을 이어간 다음 중도가 본문을 판서하기 시작했다.

"오늘은 특히 직지의 중도가 중에서 우리 삶에 가장 친근하게 적용할 수 있는 부분을 강설하기로 하겠습니다."

초청 법사가 흑판에 판서를 하고 나서 몸을 돌려 대중을 돌아보았다. 그가 중도가를 천천히 읽기 시작했다.

또 게송으로 말하였다.
헐뜯을 수도 없고 칭찬할 수도 없으니
본체는 허공과 같아서 한계가 없다.
그 자리를 떠나지 아니하고 항상 맑고 밝으나
그대가 볼 수 없다는 사실을 찾아보면 알리라.

'영가 스님은 『증도가』에서 사람 사이에 비방하는 문제에 대해서 언급하고 있다. 영가 스님이 본래는 천태학을 깊이 공부하여 천태종의 촉망받는 인물이었다. 혜능 스님의 제자가 되면서 선종으로 돌아섰기 때문에 천태종의 사람들로부터 비난의 화살을 받았다. 그러나 헐뜯는 것도 칭찬하는 것도 마음이 텅 빈 허공과 같이 항상 밝고 맑은 영가 선사에게는 아무런 소용이 없다.

깨달은 사람의 삶은 소박하고 간결하고 고고하고 탈속하고 자연스럽고 유현하고 청정한 것은 당연하다. 이익과 손해와 헐뜯음과 칭찬과 찬사와 비방과 고통과 즐거움에 동요하지 않아야 하는 것이다. 만약 명예를 위해서거나 이익을 위해서 무엇엔가 마음이 동요된다면 도인은 고사하고 세속의 군자도 되지 못한다.'

초청 법사의 설명은 곡진하고 실다웠다. 경희 문희 자매를 비롯, 내빈들의 자세는 더없이 안정되고 정숙해 보였다. 『증도가』는 우리나라에서 가장 널리 유통되는 선시로, 수많은 선사들의 수행 지침서이다. 깨달음에 대한 정수를 전하고 있다. 명언명구가 많아 여러 선사들의 법문이나 저술 등에 자주 인용된 불교의 경전으로 직지에는 그중 몇 구절만 이끌어와서 소개되었다.

경희는 원혜암에 머물 때 해명 스님으로부터 증도가 강설을 여러 차례 들은 바 있어 조금도 생소하지 않았다. 해명 스님은 신도들에게 직지에서 가려 뽑은 증도가를 꾸준히 가르쳐왔다. 경희는 새록새록 『직지』를 공부하던 원혜암 선방이 뇌리에 떠올랐다. 천수경보다 낭송하기 쉬워 잘 외워지던 증도가. 경희는 무심선원 창립 기념 법회에 참석해서 직지를 다시 만나게 되어 감회가 더욱 새로웠다.

지도 법사는 천천히 한문으로 먼저 읽고, 한 문장 한 단어를 정성을 다해 해설했다.

마음은 근본이 되고 법은 대상이 된다
마음인 근본과 대상인 법이
마치 거울과 거울에 묻은 때와 같아서

때가 다 없어지면 거울의 밝은 빛이 비로소 나타나고
마음과 법이 다 없어지면 그 성품이 곧 참되다.

영가 현각 선사의 중도가에는 실제로 쉽게 이해할 수 있는 법문으로 가득 채워져 있다고 해도 과언이 아니다. 누구나 읽고 외우기 좋은, 아름다운 시로 이루어져 있기 때문이었다. 불교에서 말하는 이상적인 삶의 경지란 참마음의 빛이 가장 밝게 빛나는 상태이다. 변하거나 바뀌지 않는 참다운 정신세계를 말한다. 참마음의 빛이 가장 밝게 나타나려면 마음으로부터 나도 남도, 주관도 객관도, 마음에서 다 없어져야 한다고 했다. 마치 거울의 때가 깨끗이 지워지듯이.

초청 법사가 법문을 마치고 대중을 향해 합장 배례하자 대중들도 경건하게 두 손을 모았다. 순간 무심선원은 물론, 온 천지에 직지의 향기가 맴도는 것 같았다.

재선 재형 형제는 앞 좌석에 앉아 있는 아버지 박용덕 사장을 우러르며 조용히 미소를 지었다. 경희와 문희도 자세가 정연했다. 그 자리에 모인 사람들이 눈을 감고 방금 들은 중도가 법문을 가슴에 새기듯 선정에 들었다. 딱! 딱! 울리는 죽비소리와 함께 역사적인 무심선원 첫 행사는 여여하게 막을 내렸다.

"여러분! 바쁘신데 왕림해주셔서 대단히 감사합니다. 한 분도 그냥 가시지 말고 선원 가족이 점심 공양을 정성껏 준비했사오니 공양을 들고 가시기 바랍니다. 무심선원 개원을 기념하는 뜻에서 작은 선물도 준비했사오니 공양 드신 다음 받아 가시기를 바랍니다."

재선이 단상에 올라가 안내 말씀을 하자 환호하는 소리가 터져 나왔다.

오! 과연! 대단하십니다!

감사합니다!

훌륭하십니다!

백운 스님 선시와 영가 현각 선사의 『증도가』를 말하는 것인지, 박용덕 사장과 재선 재형 삼부자의 무심선원 설립에 관한 것인지 모르지만, 여기저기서 감탄사가 쏟아져 나왔다.

박용덕 사장과 재선 재형 형제는 내빈 사이를 넘나들며 마음을 다해 그들이 불편하지 않도록 극진히 모셨다. 부녀자와 어린아이들은 문희가 알아서 보살펴주었다. 공양간은 주로 경희와 동서가 관장했으며, 이웃들은 너도나도 팔을 걷고 나와 작은 심부름을 자청했다.

시어머니 윤 씨와 시누이 재임이 사람들 속에서 보름달처럼 환하게 웃음을 짓고 있었다. 그들은 경희가 시집오던 때와는 비교도 할 수 없을 정도로 외모와 심성이 변했다. 바른 용을 따르는 상서로운 흰 구름 분홍 구름은 바로 그들 모녀를 두고 한 말 같았다

무심선원은 아름다운 정원수들과 인공호수, 새로 지은 명상관, 교육관, 실습실 건물들이 조화롭게 어울려 단아하면서도 장엄했다. 바라만 보아도 마음이 화평하고 형통해지는 느낌이 좋았다.

문희는 민우 손을 잡고 경내를 한 바퀴 돌았다. 호수가 난간에

기대서서 잉어를 구경하고 있을 때였다. 문희의 귓가에 한 소리가 들려왔다.

"어유! 이게 누구야!"

쉰 음성이 문희에게 아는 체를 했다.

문희가 깜짝 놀라 소리 나는 곳을 바라보았다.

"이거 봐! 나 몰라보겠어?"

한 여자가 '직지의 향기' 로고가 새겨진 선물 가방을 흔들며 뒤뚱거리며 다가왔다. 그녀의 행색은 거지가 따로 없었다. 문희는 여차하면 도망갈 셈으로 민우 손을 꼭 잡았다.

"그새 세월이 많이 흘렀지? 몰라보겠는 걸."

순간 문희의 눈앞에 C여고 교문 앞 정경이 펼쳐졌다. 등교하는 문희를 가로막고 '네 어머니 어디 있느냐? 바른대로 대라'고 호통치던 그녀, 바로 상호 엄마가 아닌가. 규율부가 달려오고 마침내는 수위 아저씨가 달려와 실랑이를 종결지은 일들이 으스스한 기운을 몰고 왔다. 문희는 긴장했다. 하기방학이 끝나 처음 등교하는 문희 뒤를 쇠익! 쇠익! 숨 가쁜 소리를 내며 기를 쓰고 따라오던 흰둥이도 생각났다.

"어이! 김문희 씨!"

갑자기 또 다른 음성이 문희의 귓전을 울렸다. 이번에는 문희 손을 꼭 쥐고 있던 민우가 눈을 둥그렇게 떴다.

"얘 문희야! 너를 부르잖니 저기 저 남자분?"

경희가 다가와 속삭이듯 말했다. 호수 반대편에서 곤색 양복을 점잖게 갖춰 입은 한 신사가 두 자매를 바라보고 서 있었다.

"어머머! 정규영 씨, 아니 정 판사님!"

규영이 다가와 문희에게 악수를 청했다. 경희에게도 깍듯이 고개를 숙였다. 그는 C시의 지방법원에 부장판사로 부임했다고 말했다. 그 바로 옆에 늘씬한 양장미인이 서 있었다. 규영의 처인 것 같았다. 그들 뒤에 또 한 사람의 신사가 경희, 문희 자매를 주시하고 있었다.

"삼촌도 오셨어요!"

규영이 뒤를 돌아보면서 말했다. 삼촌이라면 정동민 영어 선생님? 문희가 그들에게 머리 숙여 인사했다. 멀리서 두 자매를 지켜보는 머리가 희끗한 두 남자가 또 있었다. 거친 세월의 흔적이 보이는 나이테, 앙상한 겨울나무와도 같은 촌로의 형상이었다. 수년 동안 아버지가 귀가할 수 없도록 문희네 사랑채를 점거하고, 장기와 바둑으로 소일하던 유 모, 정 모 사찰계 형사였다. 순간 만감이 교차했다. 기쁨도 슬픔도 아니었다. 정신이 아찔했다.

사촌들과 함께 무심선원의 너른 정원을 뛰어다니는 민우를 쫓아 문희가 자리를 뜬 후에도, 경희는 망연자실 그 자리에 서 있었다. 유 모 정모 두 형사를 보기만 해도 침을 퉤, 퉤, 뱉고 욕설을 퍼붓던 과거의 기억이 살아난 것일까.

"여보! 여기서 뭘 하고 있어요? 아버님이 찾으신다고."

재선이 다가와 규영 일행에게 정중히 목례를 표하고 경희와 민우, 문희를 데리고 갔다. 곤경은 다음에 찾아왔다. 그들이 부심선

원 현관으로 들어서자

"아, 저기들 오는군요!"

박용덕 사장이 큰 소리로 말했다.

앗!

앞서 걸어가던 경희가 발걸음을 뚝, 멈추었다. 문희와 민우도 그 자리에 섰다.

"이모야! 빨리 가자!"

민우가 굳어버린 문희 얼굴을 빤히 올려다본다.

경희의 감관은 빠르게 작동했다. 박용덕 사장 앞에 서 있는 사람은 뇌리에서 영영 지워버리고 싶은 마귀의 전령 강가녀였다. 몸체보다 커 보이는 둥근 얼굴, 일자로 찢어진 큰입, 데굴거리는 눈망울은 나이를 먹어도 여전했다. 열일곱 살 경희가 C시의 감방에 처음 발을 들여놓았을 때, 아무런 잘못도 없는데 경희의 일거수일투족을 교도관들에게 꼬아 바치던 악녀였다. 얼마 후 다른 방으로 옮겼으나 그녀로 해서 경희의 옥살이는 더욱 참담한 지경이 되었다. 그 이야기는 어머니에게도 털어놓지 못했다. 털어놓을 사이도 없었다. 그녀는 다리를 절고 있었다. 박용덕 사장에게 무엇인가 애걸하고 있는 모양새였다.

"민우 에미야! 너 이 분 알아?"

박용덕 사장이 경희에게 물었다.

"아버님! 무슨 일이신데요?"

겉늙고 허리가 꼬부라진 여자가 심상치 않아 재선이 나섰다.

"글쎄 여기 이분이 우리 무심선원에 입주하게 해달라고 하는구나. 청소는 할 수 있다면서. 민우 에미를 안다고 하는데?"

경희의 심장이 두근두근 뛰었다. 원수의 외나무다리였다. 모닥불을 퍼부은 듯 얼굴이 화끈거렸다. 손발이 덜덜, 아니 전신에 경련이 일어났다. 재선이 사람을 시켜 강가녀를 밖으로 나가도록 조치했다. 동서가 다가와 경희를 내실로 안내했다.

"아버님! 제 생각은 입주 조건이 무연고 무자녀라 하지만 개원 초기이고 하니까 입주 관련 업무는 좀 더 심사숙고해서 처리해야 할 것 같습니다."

"나도 그럴 생각이다!"

민우는 사촌들을 따라 무심선원 안팎을 신나게 뛰어다니고 있었다. 그들 뒤를 가을 햇살이 뒤쫓고 있었다.

"허! 그 녀석들!"

박용덕 사장 삼부자는 마주 바라보며 넉넉한 미소를 지었다.

무심선원 개원식 뉴스는 C도 전역으로 널리 퍼져나갔다. 무심선원이 지향해야 하는 사회적 소명과 책무에 대해 C신보사의 박용덕 사장 인터뷰 기사는 사회 각 층의 전폭적인 지지를 받았다.

첫째, 무심선원은 사회복지재단으로 등록, C시에 거주하는 무자녀 무연고 노년과 시민들에게 숙식 포함, 수행 정진 수련할 수 있는 공간을 제공한다.

둘째, 각 사찰의 대승 고덕과 C시의 덕망 있는 인사들을 초빙하여 경전 강의와 요가 명상, 미술 문학 서예 음악 다도 등, 각 분야의 교양강좌를 월 2회 진행한다. 특히 『직지』의 본산지답게 '직지의 향기' 방을 개설하여 마음공부를 희망하는 모든 사람들에게 '직지' 강의를 베푼다.

셋째 C도 일원에서 생산되는 특산품 중심으로 바자회를 열어 지역경제 활성화를 꾀하고, 그 수익금 전액은 사회 취약자, 소외계층의 재활을 돕는데 사용한다.

넷째 글로벌 인재양성의 일환으로 유치원부터 중·고교 과정의 영재학교를 설립, 소정의 절차와 시험을 거쳐 학생을 선발, 전 과정 학비는 무심선원에서 부담한다.

장차 무심선원을 운영하고 관리해나가는 과정에서 세부적인 요소는 계속 보완하기로 한다는 조항을 말미에 첨가했다. 쉽게 말하면 무심선원은 박용덕 사장의 재산을 사회에 환원하는 방편이었다. 박용덕 사장의 사회복지사업은 나와 남이 둘이 아니고, 번뇌와 보리, 선과 악이 둘이 아니라는 불이 정신, 자리이타 정신에서 출발했다. 지구상의 모든 생명의 가치는 평등하다는 철학에 그 기반을 두고 있었다. 그의 청년시절부터 꿈꾸어 온 육영사업, 사회복지사업은 오랜 연단과 준비 과정을 거쳐 무심천이 내려다보이는 언덕에 사랑의 꽃, 인류의 꽃으로 웅혼雄渾하게 피어난 것이다. 용을 따르는 흰 구름, 분홍 구름처럼 바른 마음에 바른 세계, 바른 미래가 찾아오는 원리였다. 그야말로 무심천에서 피어난 꽃이었다.

박용덕 사장과 재선 재형 삼부자의 무심선원 이야기는 봄산에

꽃불 번지듯, 무심천 물결 따라 신속하게 퍼져나갔다. 무심천에서 꽃 핀 사랑은 마침내 무심선원이라는 무심의 꽃, 화엄의 꽃으로 영화롭고 장대한 결실을 맺기에 이르렀다. 박용덕 사장 일가의 선행은 만인의 가슴에 훈훈한 바람을 일으켰다.

흰 구름 분홍 구름

"문희야! 언니하고 C시에 가는 거 날짜를 조금 앞당기면 안 될까? 너 시간 어때? 괜찮아?"

경희의 명랑한 음성이 전화기를 타고 문희에게 전해졌다.

"음. 언니! 지금 도서관에서 자료를 보충하고 있어요. 저에게 시간을 좀 더 주세요. 며칠 더 정리해서 제출하면 일단락되어요."

논문 작업 관계로 힘들다고 하면서도 문희의 목소리는 더없이 밝았다. 경희는 시아버지 박용덕 사장과 재선 재형 삼부자의 웅대한 꿈, 재선의 첫사랑 여금숙의 바통을 문희가 이어가는 것 같아 함부로 언급할 수 없는 벅찬 희열을 느꼈다.

"좀 쉬어가면서 하려무나. 근데 왜 하필 고려시대냐?"

경희는 숙고를 거듭하다가 뒤늦게 박사과정에 돌입한 동생 문희에게 새삼 감탄, 감동했다. 문희는 고려의 진각국사 원각국사, 대각국사, 백운경한 스님, 이규보, 나옹선사의 선시, 그중에서 백운 스님의 무심무념의 선시를 가장 선호한다고 했다.

"하하, 너는 욕심도 많구나!"

모든 인연은 전생과 연관이 있다고 하던가. 수억 겁의 전생에서 그들은 혹 도반으로, 수행자로서의 삶을 함께 했던가. 경희가 보건대 백운 스님과 문희의 만남은 우연이 아니었다. 애꾸눈 거북이가 망망대해에서 구멍 뚫린 나무 조각을 만나듯, 필연 중 필연이라고 밖에는 달리 표현할 길이 없다.

경희 그녀가 전국미인선발대회에 C도 대표로 출전하여 박용덕 사장을 만난 것, 재선과의 결혼, 이것은 감히 인간의 이치로는 풀어볼 수 없는 경이였다. 더하여 경희의 무심선원 경영 제일선 참여는 생각할수록 가슴이 뭉클할 만큼 깊은 감사가 솟구쳤다.

"문희야? 너 내가 듣기로는 불교와 문학을 아우르는 논문, 구운몽, 금오신화 등 고전소설을 주제로 쓴다고 하지 않았니?"

"그래요 언니! 불교와 문학은 제 논문의 핵심이고요. 제가 이 논문을 완성함으로써 형부와 언니, 그리고 형부의 첫사랑, 그 여금숙이란 분의 꿈을 이어받아 활짝 꽃피우고 싶은 거예요."

"오! 장하구나! 너무 무리하지 말고 쉬어가면서 해라!"

"네. 언니! 우리 C시에 가면 배틀 올갱이국 사 먹자!"

문희는 느닷없이 올갱이국을 말했다. 공부에 몰입하느라 끼니를 제대로 못 찾아 먹었던가. 경희는 동생 문희가 안쓰러웠다.

"문희야 넌 올갱이국? 나는 남주동 해장국이야! 하하하."

경희는 문희의 올갱이국 제의에 폭죽처럼 웃음이 터져 나왔다. 그녀 자신도 남주동 해장국을 떠올리자 C시에 대한 가지가지 기억들이 그녀의 가슴으로 꽃비처럼 날아와 안겼다.

C시에 가면 그녀는 제일 먼저 무심천 둑길을 걷고 싶었다. 벚꽃 피는 계절이면 온 가족이 다 함께 손을 잡고 벚꽃 축제에 참여했다. 벚꽃은 무심천을 배경으로 장관을 이루었고 밤이어서 그 정경은 더욱 황홀했다.

약전 골목에 살던 동갑내기 진숙이네 다섯 공주님들은 어디에 살고 있을까. 누가 언니인지 동생인지 분간이 되지 않던 그 자매들은 노련한 중견 주부가 되어있을까. 혹은 사회로 진출했을까. 그 집 대문 안에 들어서면 키다리 노랑꽃을 배경으로 대형 간장독부터 오종종한 옹기그릇이 많기는 진숙이네가 첫째였을 것 같다. 딸 부잣집 진숙이네 엄마의 딸 사랑과 장독 이야기.

과자공장을 경영하던 숭근이는 어떻게 되었을까. 어느 해 겨울 과자공장에 큰불이 나서 준이와 다케시, 만식이, 방굴이 등, 동네 개구쟁이들이 불에 그슬린 과자부스러기 주워먹다가 물벼락을 맞기도 했지. 보름달처럼 둥글고 유하게 생긴 숭근이는 제빵집 사장님이 되어 있을까.

규모가 거대한 적산가옥에 대궐 같은 사무실을 차린 K변호사에게 어머니는 원능골 땅 판 돈을 바치고 딸의 구명운동을 했다던가. 자존심도 체면도 다 벗어던지고 딸의 무죄석방을 위해 헌신하다가 딸의 행복한 모습도 못 보고 세상을 떠난 아, 가엾은 어머니.

이른 아침 밥숟갈도 들기 전에 나타난 형사들에게 간첩단 대장의 애인이라는 죄목으로 끌려간 후부터, 다시는 돌아보기조차 힘들었던 옛집에 지금은 누가 살고 있을까.

등굣길에 중앙공원을 가로질러 베카리 빵집 골목을 빠져나오면 북문로와 남문로를 일직선으로 잇는 본정통이 펼쳐지고, 건너편엔 C극장, H극장이 있었지. 연말이면 각급 학교 졸업 기념 예술제로 장마당처럼 북적거리던 곳.

극장 앞 광장에 고려시대의 유물인 당간지주가 우뚝 서 있어 천수경의 '수지신시광명당 수지심시신통장'[1]을 연상케 했어. 당간지주야말로 우리들의 순진무구한 영혼을 지키는 파수꾼이었지.

C시 역사의 현장 1번지 중앙공원 후문 쪽에는 임진왜란 때 공을 세운 분들의 비석이 여럿 있었지. 비문에 적힌 문장들은 알아볼 수 없어도 그 앞에 서면 숙연해지곤 했다. 그 반대쪽에는 우리 형제들의 단골 병원 남궁 외과가 있었지. 아버지가 아픈 아이를 업고 뛰어가기만 하면 내과 외과에 상관없이 두루 다 봐주는 친절한 병원이었어.

명암방죽? 그렇지, 소풍 코스였어. 초등시절부터 각 학교는 약수터가 있는 명암방죽을 선호한 것 같아. 방죽을 내려다보며 온몸을 뒤틀면서 '비단이 장사 왕 서방'을 구성지게 부르던 6학년 남학생은 가수가 되었을까.

경희는 두서없이 일어나는 기억의 행간을 제대로 휘어잡지 못하고 있다. 그녀에게 C시는 그런 곳이었다.

---

1 수지심시광명당, 수지심시신통장 受持身是光明幢 受持心是神通藏 받아 지닌 이 몸은 광명의 깃발이고, 염불하는 이 마음은 기도의 곳간.

아, C여고 뒤 우암산! 우암산은 각급 학교 교가에 빠지는 일이 없던 C시 시민의 산이었어. 우암산에 자주 올라갔어. 우암산에 오르면 C시 일대가 다 내려다보이니 무슨 말단 벼슬 한 꼭지 얻어 가진 것처럼 으쓱했다고. 우암산은 꼭 가야겠네.

C여고 청명원은 어떻게 변했을까. 미술 시간에 청명원 연못가에 둘러앉아 가을 풍경을 스케치했어. 헤어스타일을 세련미 있게 연출하는 미모의 미술 선생님을 우리는 무척 따랐다고. 풍경화는 나도 웬만큼 그렸는데.

학교 근처 공보관에 단체로 영화 '죄와 벌'을 보러 갔어. 우울의 사도使徒 라스콜니코프가 도끼를 쳐들고 전당포 계단을 올라가는 모습은 잊을 수가 없어. 전당포 노파를 피를 빨아먹고사는 이虱 로 본 라스콜니코프의 급 선진 의식. 노파에게 도끼를 내려치는 그 소름 끼치는 장면에서 여학생들은 악! 소리도 내지 못하고 숨을 죽였던가.

그러고 보니 소름 돋는 일이 또 있네. 깊은 밤에 무서운 일이 일어난 거야. 빨치산 부대가 낭성면 산악지대로부터 상당산성, 우암산을 타고 내려와 C도 도청, C도 경찰청, 탑동 형무소, 도지사관사를 습격한 일. 대성동 일대와 당산 쪽에서 시뻘건 불길이 활활 타올랐어. 빨치산이 불을 지르고 형무소에 수감 중인 죄수들을 도망가게 했다는 거야.

동네 사람들이 잠자다가 신작로로 뛰쳐나갔어. 유 모, 정 모 사찰계 형사가 그 시각 우리 집에 함께 있었지. 우리들은 무서워 벌

벌 떠는데 눈에 독毒불을 켠 그들이 우리 가족을 감시하는 거야. 아버지도 안 계시고 어머니는 환자인데. 전쟁이 또 터지는 줄 알았다니까.

이번에 가면 당산에도 올라가 봐야겠군. 전에 살던 대성동 큰 대문 집은 그대로 있을까 몰라. 여자들이 떼로 몰려와 살림살이를 털어갔다는 그 눈물의 집. 문희 혼자서 그 일을 당해냈다니 얼마나 놀랬을까.

상당산성? 그렇다. 삼국시대부터 조선에 이르기까지 청주 지역을 방어했다는 C시의 대표적 산성에 전교생이 수업을 철폐하고 송충이를 잡으러 올라갔지. 궁예가 쌓았다는 전설이 전해지는 상당산성에 웬 송충이? 송충이는 궁예가 무섭지도 않은가. 소나무마다 송충이가 득시글했어.

솔잎을 야금야금 뜯어먹고 송충이 가족이 살이 통통 쪄 있던 늦봄. 족집게로 한나절 넘게 송충이를 사냥하고 마지막엔 학년 별로 다 모아 불태웠어. 잡기도 어렵지만 죽이기는 더 어려웠어. 불 속에서 꿈틀꿈틀 기어 나와 여학생들 스커트 자락에 붙어버리니까. 국사 선생님의 상당산성 성벽의 역사와 건축에 얽힌 이야기는 송충이가 다 집어삼켰어. 송충이가 여학생들의 풍부한 정서를 사그리 뭉개버린 꼴이지 뭐겠어.

커피 한 잔이 다 식어 찬 액체로 변했다. 경희는 커피 마시는 것도 깜박하고 C시로의 나 홀로 추억 여행을 강행한다. 그녀에게 고향 산천은 열일곱에서 멸실되어 있지만, 가고 싶고 보고 싶은 감정은 그 반대로 더욱 새록새록 살아나는 것 같았다.

문희는 알까. 외할아버지가 계셨다는 용화사와 안심사 가는 길을. 이모들과 외사촌과 함께 외할아버지가 그렸다는 불화, 탱화를 수소문하러 갔던 곳, 용화사 뜰에 커다란 석불들이 일곱 구 정도 죽 열을 지어 서 있었어.

보살사도 생각나는군. 오층 석탑을 비롯하여 문화재가 많이 남아 있다는 오래된 사찰 보살사. 초중고 시절 소풍으로 매년 갔고. 보살사 계곡에서 가재도 잡았어. 가재는 내가 남자애들을 제치고 잘 잡았거든. 깨끗한 왕모래와 맑은 물속을 기어가는 가재를 움켜쥘 때는 인간 내면에 감추어진 야수적 본능이 그대로 나타났던가 봐. 결국은 주먹 안에 쥐었던 가재를 놓아주었지만.

여기까지 오느라고 목이 마르네, 초정의 탄산수가 생각나는군. 초정 약수탕도 소풍 때 갔어. C시에서 조금 먼 곳이었지. 천연 사이다 같은 그 물을 마시면 기분이 상큼했어. 물바가지를 서로 잡으려고 아우성을 쳐도 얼른 물바가지를 놓지 못했어. 초정약수 호오! 그 짜르르한 물맛.

세종 임금님도 초정에 117일을 머물며 약수로 신병을 다스렸다 했어. 세종 임금님이 알아주던 초정 약수탕에서 탄산수 물방울처럼 통통 튀는 반 친구들의 맑은 웃음소리 들리는 듯.

수갑을 찬 채 죄수 이동용 차에 실려 C시를 떠난 이후, 경희의 모든 사고체계가 유실되거나, 감관이 정지된 것이나 다름없다. 그러나 기억나고 싶은 것들은 솜사탕처럼 부풀어 올라 짙은 향내를 뿜어내고 있는 것이 아닌가.

문화동에서 탑동 양관으로, 시온교회로 가는 길은 아카시나무와 미루나무가 우거져 그곳은 또 하나의 탑동 터널이었어. 교회는 당시 연애당이라고 불렀지. 어머니 눈을 피해 우리 형제들은 시온교회를 몰래 다닌 것 같아. 이북에서 피난 온 예옥이가 문수와 문희에게 적극적으로 전도를 한 결과이긴 하지만 사실은 형제들이 줄줄이 상당유치원을 다녔기 때문인지도 몰라. 상당유치원은 제일교회에 속해 있으면서 크리스마스 전후에는 성극 연습도 하고, 고요한 밤 거룩한 밤을 부르며, 강당에서 밤을 지새웠거든. 하나님 빽에 의지해서 동네 조무래기들이 단체로 합법적 외박을 한 거였어.

따르르릉. 따르르릉.

전화벨이 울린다. 경희가 깊고 깊은 고향 탐방에서 헤엄쳐 나오는데 약간의 시간 여유가 필요했다. 과거와 현재가 혼재한 상태에서 민첩하게 움직이기에는 다소 장애가 따랐다. 그 순간 결단을 내려야 할 것은 구불구불 과거로 연결된 상념의 골짜기를 재빨리 빠져나오는 일이었다. 상념은 상념이니까.

"언니! 언니!"

경희는 수화기를 귀에 대고 무연히 앉아 있다.

"언니! 나 문희야! C시 가는 것 변경사항 없는 거지?"

"어? 문희라고? 그래. 아무 변경사항 없어."

"근데 왜 전화를 얼른 안 받았어? 언니 잠자고 있었어?"

"음! 내가 아주 깊은 잠을 잤나 봐."

"휴우~ 다행이다. 나는 걱정했잖아. 언니가 어디 간 줄 알았다니까."

"그래. 문희야. 내가 가긴 갔단다 추억 속의 C시, 꿈속의 C시에. 우후훗."

"이번에 C시 가는 거 언니는 되게 좋은가 봐? 그렇지 언니?"

"응! 그런 것 같아!"

경희는 심신이 썩 개운했다. 열일곱 이전 소녀로 돌아가 맘껏 상상여행을 누린 것만으로도 소기의 성과를 달성한 듯했다. 무심선원에 유치원을 예정보다 빨리 개설한 것은 경희의 아이디어였다. 교육기관 설립 계획을 박용덕 사장으로부터 듣고 '교육은 어린 시절부터 방향을 잘 잡아야 한다'는 어머니의 유훈을 살리기 위해서였다.

이제 그녀의 꿈은 한층 더 높고 먼 곳에 있었다. 재선이 아내에게 무심선원의 운영에 적극 참여해달라고 당부했기 때문이다. 경희가 자신만의 포부를 가져보게 된 것은 그녀 인생에서 처음이었다. 무심선원 설립과 함께 김경희란 한 생명이 이승에 다시 태어나는 영광을 누리게 된 것이다. 하늘의 무지개를 좇듯 경희는 벅찬 기쁨으로 가슴이 터질 것만 같았다.

경희는 더 바랄 것이 없었다. 박용덕 사장의 자리이타 교훈을 받들어 유구히 지켜가는 것, 그리고 그녀 자신 한 송이 무심의 꽃, 화엄의 꽃으로 새롭게 피어나 무심선원의 관리자로서 책임과 사명을 다하는 것 등이었다. 그녀에게 그 업무는 세상에 태어난 이래 가장 가슴 설레는 명제, 고귀한 삶의 지표로 다가왔다.

가을이 점점 깊어갔다. 무심선원 뜰에 노랗게 물든 은행나무가 곱고, 단풍나무는 불을 켠 듯 찬연하게 불타고 있다. 참다운 용이 가는 곳에 구름이 절로 따르듯, 흰 구름, 분홍 구름이 떼로 몰려와 시방법계로 행복을 실어 나르고 있었다.

문희는 불교 자료가 있는 중앙도서관 이층으로 이동했다.

전라도 정읍 출신인 백운 경한은 왕이 불러도 입궐하지 않았고, 사찰의 주지 자리도 마다했다. 나이 오십이 넘어 중국으로 공부 인가를 받으러 가기까지 독자적으로 공부와 수행을 했다고 한다. 왕실이나 직분, 직위에 연연하지 않고 오로지 나라와 중생을 구제하기 위해 태어난 대인이었다.

문희에게 백운 스님은 중국의 사성四聖 복희伏希 씨, 주공, 문왕, 공자가 저작한 주역에 등장하는, 가장 이상적인 인간 유형, 사리사욕에 이끌리지 않는 이른바 군자, 지도자의 상으로 각인되었다. 백운 스님의 직지를 박사 논문의 중심에 둔 것이 문희는 더할 나위 없이 만족스러웠다.

일찍이 원혜암에 가서 경희가 자등명법등명 말씀을 따라 심신의 유약과 병중을 회복하고 본격적으로 직지를 공부한 것처럼, 문희 역시 선시와 직지의 가르침을 통해서 현실을 정면 돌파하는 계기를 얻게 되었다.

지지부진하던 논문 작업은 백운 경한의 청정무구, 무심무념의 사상에 기반하여 바야흐로 완성의 문으로 진입했다. 이 또한 흰 구름, 분홍 구름이 바른 용을 따르는 자연법일 터이다.

'선비가 한세상에 나서 서로 만나지 못한 이가 한없이 많겠지만, 지금 백운에 대해서는 더욱 유감스럽게 여겨진다. 그 도의 높이와 법어의 깊이는 나의 식량(識量)으로서는 헤아릴 수가 없는 것이요, 도의 안목을 가진 자가 증명할 것이다'[2]

'백운은 천진하고 거짓이 없어 항상 진리를 드러내면서도 형상을 빌어 이름을 팔지 않았으며, 구름 같이 걸림이 없었으니 진경에 노니는 사람이었다. 후세의 학자들도 이 법어를 보면 마치 어둠을 부수는 밝은 등불인 듯, 더위를 씻는 맑은 바람인 듯하여 사숙(私淑)의 지남(指南)이 될 것이다.'[3]

위 첫 번째 이색의 서에서는 도의 안목을 가진 자라야 능히 백운스님의 법어의 깊이와 도의 깊이를 증명할 것이라고 평했다.

다음 이구의 서는 백운 스님의 성품, 수행의 자세에 대하여 사숙의 지남이 될 것이라고 극찬을 아끼지 않았다.

비록 서序이지만 백운 스님 자신뿐 아니라, 백운 스님이 저작한 직지에 대한 이해를 돕는 데 큰 역할을 한 것으로 파악되었다. 나아가 문희는 정리 차원에서 대승기신론을 새로운 시각으로 다시 보게 되었다.

---

2 釋璨禪師/박문렬역, 「백운화상 어록』,범우사, 李穡의 序.
3 釋璨禪師/박문렬역, 「백운화상 어록』,범우사, 李玖의 序,

대승大乘은 큰(maha) 수레(yana), 즉 많은 사람을 구제하여 태우는 큰 수레라는 뜻으로, 일체중생의 제도를 그 목표로 한다. 대승은 삶에 대한 성찰은 출가자(승려)만의 몫이 아니라, 재가자인 우리 모두의 몫이라는 점을 강조하면서 시적 감동을 주는 문장으로 서술하고 있다. 즉 '일으키고자 하는 믿음' 起信은 진여眞如 곧 마음이 세상의 근본이라는 것, 세상은 진여로 말미암아 생겼다는 믿음을 받아들여야 한다는 것이다. 그러나 기신론은 우리가 현재 어떻게 살고 있는가를 허심탄회하게 살펴보도록 권유한다.

인도 승려 마명馬鳴은 『대승기신론』에서 '진여'란 다름 아닌 중생심 즉 우리의 '마음 一心'이라고 했다. 선과 악, 보리와 번뇌가 공존하는 너와 나의 마음이 일심이라는 것이다. 보리를 사랑하면 부처가 되고, 번뇌를 사랑하면 중생이 된다.

문희는 매사 한 마음이면 이루지 못할 게 없을 것 같았다. 일심은 세상의 근본이고, 우주의 마음 곧 부처의 마음이기 때문이라고 헤아렸다.

토머스 칼라일[4]이 '종이와 인쇄가 있는 곳에 혁명이 있다'고 말한 것처럼 그녀는 숱한 난관을 돌파하는 가운데 윤오월에 모란꽃 벌듯 환희심이 날로 비등했다.

직지의 저자 백운 경한 스님의 무심 무념 철학이 상주하는 터전에, 박재선과 여금숙의 못다 한 꿈이 한데 어우러져, 문희의 논문

---

4 토머스 칼라일(1795~1881) 영국의 평론가 · 역사가. 이상주의적인 사회 개혁을 제창하여 19세기 사상계에 큰 영향을 끼쳤다. 저서 『의상철학』 『프랑스 혁명사』 『영웅숭배론』 『과거와 현재』 등이 있다.

은 마침내 완성되었다.

"민우 엄마! 여행 준비는 다 했어요? 내가 고속버스터미널까지 데려다줄까?"

재선이 C시로 떠나는 아침 경희에게 말했다.

"아니요. 고생도 좀 하면서 떠나야 여행의 묘미가 있지요. 호호호."

경희가 열일곱 소녀처럼 활짝 웃었다.

"그래요? 그럼 잘 다녀와요. 내 그 안에 한 번 C시에 내려가리다."

재선이 손을 흔들었다. 유월 하늘은 유난히 푸르고 맑았다.

경희 문희 자매는 우등고속 버스를 타고 중부고속도로를 달려 갔다. 눈길 머무는 곳마다 초록 향연이 한창이었다.

경희는 그녀의 제2의 인생이 펼쳐질 C시에 내려가 무심선원의 관리 책임을 부여받은 자, 즉 경영자의 입장에서 무심선원을 비롯, C시 구석구석을 돌아볼 계획을 세웠다.

버스는 C시의 오랜 추억의 거리, 낭만과 사색의 거리로 진입했다. 길 양쪽으로 수령이 몇십 년의 몇 곱이나 되었음직한 거대한 플라터너스가 늠름한 기상으로 도열해 있었다. 영화에도 나온다는 플라터너스 가로수 길이었다. C시 흥덕구 경부고속도로 나들목 구간에서 복대동 가경천 죽전교까지 이르는 6.3km 구간으로, 이른바 C시의 명품 거리였다. 그 길은 사랑하는 연인들의 길, 추억을 부르는 길, 플라터너스 터널로도 부른다고 한다. 그 위에 보름달이

휘영청 떠오른다면 청풍명월의 운치가 더한층 두드러질 것만 같았다.

버스가 플라터너스 가로수 길을 서행으로 달려갔다. 그들 자매는 누가 먼저랄 것도 없이 자리에서 일어섰다. 그들은 두 손을 마주 잡고 큰소리로 외쳤다

"우와! 우와!"

그 한 소리에 만상 만감이 응축돼 있기라도 한 듯 '우와'의 파장은 싱그러운 여운을 남기며 C시의 거리 곳곳으로 흩어져갔다. 그리던 고향에 돌아온 것이다.

'이 세상에는 위대한 진실이 하나 있어. 무언가를 온 마음을 다해 원한다면 반드시 그렇게 된다는 거야. 무언가를 바라는 마음은 곧 우주의 마음으로부터 비롯된 때문이지, 그리고 그것을 실현하는 게 이 땅에서 자네가 맡은 임무라네.' 『연금술사』

에필로그

─꿈을 위한 행진

긴 세월이 흘렀다.

민우는 튼실하게 성장하여 국가 사회의 지중한 동량지재가 되었다. 미술에 소질이 있는 시누이 재임은 동양화에 빠져 무심선원의 미술 강사로서 매주 C시를 오르내린다. 시어머니 윤 씨는 무심선원 가요 부르기 실버 반에서 동년배 친구들과 함께 활기찬 노년 생활을 시작했다.

무심선원의 창립자, 시아버지 박용덕 사장은 사업 일선에서 물러나 무심선원의 총책임자로서 유유자적 여유로운 노년을 보내고 있다. 재선 재형 형제는 부친의 뜻을 이어 여여부동하게 사업에 몰두, 무심선원을 주축으로 나라의 미래를 이끌고 갈 글로벌 인재양성을 위해 전력을 기울였다. 어려운 환경에서 바르게 살아가는 학생들과 소외된 이웃들에게도 무심선원 설립 취지에 걸맞게 지원을 아끼지 않았다.

경희의 제2의 인생이 든든한 후원자와 함께 무심선원의 운영 관리 책임을 부여받은 자, 즉 경영자의 자리에서 여법하게 펼쳐진다.

문희 또한 그동안 갈고닦은 실력과 지혜로 고향 C시를 위하여 기꺼이 헌신한다.

♣ 참고문헌

『金剛經』

『維摩經』

『觀無量壽經』

『妙法蓮華經』

『백운화상 어록/釋璨禪師』 朴文烈 역/범우사/1998

『직지 강설 上下』 무비스님/불광출판사/2012~2018

『直指心經 상 중 하』 백운초록 덕산스님 역해/비움과 소통/2011~2014

『대승기신론입문』 목경찬/불광출판사/2018

『선시의 이해와 마음 치유』 백원기/동인/2014

『한국전쟁 上卷』 고시마 노보루/김민성옮김//종로서적/1981

『한국전쟁종군기자 1.2』 한국언론자료간행회/1987

『사선을 넘고 넘어』 채명신/매일경제신문사/1994

『6.25전쟁 1129일』 이종근편저/우정문고/2013

『정신치료 어떻게 하는 것인가』 K. M. COLBY/이근후역/하나醫學社/1992

기타